KB170721

우리는
사랑을
말하지만

우리는 사랑을 말하지만

여태현 산문집

마음시선

○

나를 사랑하는 자잘한 이유들을 많이 만들고 싶었다. 당신의 삶이 온통 나로 가득 차서, 아주 사소한 곳에도 내가 들이차는 바람에 도무지 헤어질 생각을 하지 못하게 되는 거. 그게 내가 원하는 사랑의 형태였다.

○

커피를 좋아하지 않는다는 당신은 마음 내킬 때만 가끔, 내 커피를 한 모금씩 빼앗아 마셨다. 그마저도 마시는 건지, 입술을 적시는 건지 구분할 수 없을 정도로 줄어들지 않았지만. 심장이 약한가봐요. 입만 대도 온종일 두근거려요. 당신은 거기까지 말하고서 내게 컵을 건넸다. 가끔 내가 제대로 숨 쉬고 있나 싶을 정도로 두근거리는 날에는 꼭 실수를 해요. 당신은 차창 밖으로 시선을 돌렸다. 비가 내리고 있었고, 심장이 뛰는 소리가 들리는 것도 같았다. 실수라. 나는 입속으로만 곱씹는다. 창틀에 팔을 괸 채로 나른한 눈을 한 당신은 꿈을 꾸고 있었다. 당신이 건넨 컵에 립스틱 자국이 남아 있다. 나는 그것을 발견한 것만으로도 부도덕한 일을 하다 들킨 것처럼, 부끄러움을 느낀다.

나를 살게 하는
다정함

―――――

    기억력이란 생각보다 더 보잘것없어서, 꼭 무언가끼리 엮어놓지 않고서는 제 기능을 발휘하지 못하는 것 같다. 나는 오래된 일을 떠올리기 위해선 그만큼 많은, 겹겹의 사고 과정을 거쳐야 했다. 예컨대 어린 시절 살던 집을 떠올리기 위해 먼저 작은 방에서 나던 퀴퀴한 냄새와 보일러 소음, 마룻바닥에 움푹 팬 얼굴 같은 자국을 떠올려야 하는 것이나, 누군가의 목소리를 떠올리기 위해 그날의 밤공기, 머리칼의 길이 같은 걸 먼저 떠올려야 하는 것. 뭐, 그런 식이었다.

어떤 기억과 기억은 도무지 앞뒤의 인과관계가 명확하지 않았다. 고등학교 졸업식과 오토바이 사고, J가 죽은 것 중에 어떤 게 가장 먼저 일어난 일인지 나는 연상해낼 수 없었다. 사고가 났을 때 분명 교복을 입고 있었던 것 같은데, J로부터 어떤 문자를 받은 것도 같은데, 연도를 역순으로 따져 계산해보면 졸업식을 하고서도 한참이 지난 뒤에 사고가 났다는 결론에 도달했다. 알 수 없는 일이다. 인과관계를 따질 수 없는 게, 가끔은 모든 게 꿈처럼 느껴진다. 내 삶을 증명해줄 어떤 것도 남아 있질 않고, 소설이나 영화처럼 되감아볼 수도 없기 때문에, 나는 이런 식으로 맞지 않는 기억의 조각을 가지고 골몰하는 일을 관두기로 했다. 이런 생각에 골몰하다 보면 꼭 세계 자체가 커다란 오류의 덩어리 같았다. 작은 오류들이 모여 빚어진 커다란 오류. 우리의 기억이란 이다지도 별 볼 일 없는 것이다.

그런 연유로 당신을 많이 적어 남기고 싶었다. 우리 사이에 아주 많은 시간이 쌓여 도무지 영문을 알 수 없어지기 전에, 조금 더 우리의 관계를 분명히 다지고 싶었다. 무턱대고 당신을 적는 밤이면, 생의 견고함을 흐트러뜨리는 사소한 오류나 커다란 오류, 지난한 밤이 물고 간 상처나 그 상처가 자꾸만 덧나는 괴로움 같은 것들이 그다지 중요한 것으로 여겨지질 않았다. 다 괜찮을 거라는 막연한 믿음이 당신의 이름 뒤엔 언제나 있었다. 다정하게 나의 내부를 데우던 목소리를 생각한다. 목소리가 형태를 가질 수 있다면, 당신의 목소리는 분명 따뜻하고, 말랑하고, 부드러울 것이다. 언제나 나도 그런 식의 다정함을 갖고 싶었다. 생을 좀 견딜 만한 것으로 만드는 다정함을.

형광등

———

　해수의 방에는 스위치를 켜면 두세 번 정도 깜박거리다가 불이 켜지는 형광등이 달려 있었다. 양쪽 끝이 꺼멓게 달아 있는 그런. 덕분에 집에 들어갈 때마다 스위치를 누르고 그 자리에서 오 초에서 십 초 정도, 불이 완전히 들어올 때까지 가만히 서서 기다리는 수밖에 없었다. 나는 그 기다림의 시간이 참을 수 없이 부담스러웠다. 그녀와 문턱에 서서, 점멸하는 방을 멍하니 보는 것. 꼼짝 않고 내 손을 잡고 서서 방이 밝아질 때까지 멍하니 바라보고 있는 해수. 현실과 너무 동떨어져서, 오히려 지나치게 실감이 나는 반지하의 나날들. 형광등을 갈아야겠다는 말에 해수는 그저 응, 다음에, 했다. 이러다가 언젠가 내가 없는 날 형광등이 나가버리면, 해수는 문턱에 서서 십 분이고 이십 분이고 그저 하염없이 서 있게 될 것만 같았다. 아니면 더듬으며 나아가 침대에 누워, 불이 들어오지 않는단 핑계로 다시는 눈을 뜨지 않게 되거나. 뭐가 됐든 나로서는 달갑잖은 일이다. 해수는 무기력한 사람이었다. 제 속의 필라멘트를 까맣게 태워 하루를 겨우 밝히는 사람이었다. 나는 종종 그녀의 손가락 끝을 만졌다. 형광등처럼 꺼멓게 닳아 있는 부분이 만져질 것도 같았다. 그럴 때면 해수는 꼭 막 스위치를 켰을 때처럼 눈만 껌뻑거렸다.

불이 나갔어요. 해수가 포크로 파스타를 말아 올리며 말했다. 나는 그녀가 말하는 '불'이 깜빡이던 형광등을 뜻한단 사실을 곧바로 알아채지 못했다. 그만큼 해수의 말투는 담담하고, 또 갑작스러웠다. 언제요? 내가 물었다. 마지막으로 해수의 집에 간 것이 일주일 전이었으니, 어쩌면 그날을 마지막으로 불을 켜지 않았는지도 모를 일이었다. 당장이라도 불이 나갈 것 같긴 했지. 생각한다. 삼 일 전에요. 해수가 파스타를 입에 넣으면서 말했다. 삼 일. 그나마 다행이라고 해야 할지, 삼 일이나, 라고 해야 할지. 애매했다.

형광등을 사 가지고 집에 가는 동안 해수는 포장해온 원두를 꺼내 만지작거렸다. 손가락 끝이 반질해진다. 해수는 생원두에서 나는 비린내를 아무렇지도 않게 맡았다. 당신은 비위가 정말 좋구나. 생원두를 씹어 먹는 해수를 보며 생각했다. 오드득. 나는 저도 모르게 입에 침이 고이고, 해수는 반질거리는 손가락을 입에 물고 있다.

집에 도착했을 때, 모든 것이 일주일 전의 모습 그대로였다. 그러니까, 일주일 전에 빼놓았던 거실 의자나, 열려 있는 찬장, 내가 해놓고 간 설거지 같은 것들이 그 자리에 그대로 있었다는 뜻이다. 해수는 거실 불도 켜지 않은 채로 들어가 찬장에 원두를 정리했다. 그녀가 원두를 정리하는 동안 나는 형광등을 간다. 끝이 닳아버린 형광등에서 어쩐지 원두 탄내 비슷한 것이 난다. 착각이겠지. 굳이 코를 갖다 대고서 냄새를 맡는 짓은 하지 않았다. 스위치를 켠다. 형광등을 갈았음에도 두세 번 깜빡이다가 불이 켜지는 오랜 버릇은 고쳐지질 않는다. 문턱에 서서 오드득 소리를 내고 있는 해수를 본다. 나는 그녀를, 그녀는 나를, 그 자리에 서서 오래 들여다보았다.

속, 눈빛

―――――

    사랑하는 사람으로부터 소외될 때, 그의 머리맡으로 편향되어 있던 내 세계의 대부분도 함께 등을 돌렸다. 사랑을 할 때의 나는 자주 고립된다. 이 참담함은 나만 아는 거라, 속 터놓을 곳도 없었다. 손으로 뚝 끊어 당신과 분절되는 상상을 한다. 내 세계의 대부분은 이미 저쪽으로 넘어가 있기 때문에, 나는 완전히 고립된 상태가 된다. 그런 식으로 두고 온 세계가 사랑할수록 많았다. 우리의 맞닿은 면은 어떤 형태를 가졌을까? 얼마만큼의 점성을 가지고 서로를 얽을 수 있을까? 우리를 우리로 붙들고 있는 것들. 연약한 셈 치면 얼마든지 연약하다고 칠 수도 있을 것이다. 당신이 나를 흘리고서, 흘린 줄도 모르고 계속 걸어가는 꿈을 꾸었다. 간밤의 꿈은, 예상컨대 당신의 사소하고 무심한 태도로부터 파생된 거였다. 언젠가 정말로 나를 흘리고 모른 체 그냥 갈 수도 있지 않을까. 아무도 찾지 않는 골목길 깊숙한 곳에다가. 혹은 파도가 코앞까지 밀려오는 어느 해변에다가. 궁금하진 않지만, 언젠가 알게 될 수도 있는 일이었다.

당신의 속눈썹을 떠올린다. 완만한 곡선으로 뻗친 눈썹. '속'이란 글자가 붙는 건 좀 은밀하지. 속마음, 속살, 귓속, 입속…… . 더 알고 싶은 게 많았다. 당신의 눈을 똑바로 바라보지 못하는 거, 어쩌면 속눈썹 때문일 거였다. 당신은 자주 무심하고, 가끔씩만 다정하다. 별안간에 내 시는 너무 친절하다고 했던 사람을 떠올린다. 설명이 너무 많다는 걸 완곡히 돌려 말한 건데, 나는 영문도 모르고 슬펐다. 친절하지 말아야지. 다짐은 물거품 같은 것이라, 쉽게도 부서졌다. 당신의 눈빛은 가끔 시 같다. 문장의 인과관계 없이도 얼마든지 나를 울게 했다.

강릉

———

　강릉은 휴식하러 오기 좋은 도시랬다. 서울에서 출발하면 차를 타도 서너 시간 안에 도착할 수 있고, 기차를 타면 더 빠르고 쾌적하게 바다 앞까지 올 수 있다. 적적한 휴일에, 갈까? 바다? 하고 무작정 떠나오기엔 딱 적당한 거리인 셈이다. 그래서 우리가 여기 있는 거였으니까. 다시 파도 소리에 집중한다.

　윤에게 연락이 오면, 철렁, 가슴이 먼저 내려앉는다. 이제 그녀가 내게 연락할 만한 이유가 몇 없기 때문이기도 했고, 그 몇 개의 이유가 별로 좋은 게 아닐 거라는 암시가 만나는 내내 있어왔기 때문이기도 했다. 과연 그랬다. 이별한 뒤로 일 년간, 우린 여덟 번 정도 안부를 주고받았는데, 그 내용이 썩 좋질 못했다. 내려앉은 심장이 낮은 곳에서 박동한다. 종아리가 뻣뻣하게 굳는다. 어쩌면 달려갈 준비를 하는 걸지도 몰랐다. '무슨 일 있니' 답장을 보내고, 새벽 네 시에 내게 연락을 해야만 했을 그녀의 피치 못할 사정을 짐작하려 애쓴다. 그러나 짐작은 짐작으로 남겨두어야 한다는 사실을 안다. 기록하는 순간 그것은 형태를 가진 분명한 괴로움이 되니까. 게다가 그녀의 불행을 일일이 나열하는 건 내게도 괴로운 일이 될 것이 분명했다. 애써 이곳에 적어 남길 필요가 없는 것이다. 덕분에 '오빠'로 시작해서 곧장 '무슨 일 있니'로 이어지는 대화의 수순은 비가 내리면 땅이 젖는 당연한 일처럼, 응당 그래야 하는 것으로 여겨졌다. 용건 없이 황망히 이름만 부르고 사라지는 윤, 메시지를 확인하자마자 급하게 무슨 일 있니 묻는 나. 엉성하게 짜인 대본 같다.

그러나 오늘은 달랐다. 별다른 소릴 하지 않고, '지금 와줄

래?' 하고 마는 것이다. 나는 침묵했다. 그 어떤 메시지가 와
도 이보다 무서울 순 없을 거라고 생각하면서. 과연 그녀에
게 무슨 일이 일어난 것인가. 혹은 나도 모르는 사이에 지난
과오를 모두 용서받아 용건 없이 연락할 만한 사이가 다시
된 건가. 우리? 번뇌하는 사이에 핸드폰이 짧게 떤다. '올 거
지?' 윤은 내가 본인에게 달려올 것임을 확신하고 있었다. 마
주 앉은 윤은 별다른 말없이 맥주만 마셨다. 그녀의 고양이
는 오랜만에 보는데도 꼭 어제 만난 사이처럼 친근하게 굴었
다. 나는 그녀가 뜸을 들이는 이유를 유추하려 애쓰는 대신,
조용히 농어의 가시를 바르고 고양이의 머리만 긁었다.

윤은 나를 어떻게 생각하고 있을까. 외로울 때 불러내서
끌어안고 잘 수 있는 인형 같은 건가? 병원비를 내주거나, 유
치장에서 끄집어내주는 왕래 없는 남매 같은 건가? 윤은 내
게 아픈 손가락이다. 그녀를 보고 있으면, 철없는 막냇동생
을 보는 것처럼 처연한 기분이 된다. 이 기분의 정체를 나는
명확히 설명할 수가 없다. 어쩌면 그렇기 때문에, 이 모호한
감정 때문에 계속 윤을 받아주는 걸지도 몰랐다. 그녀와 나
를 명백히 구분 지을 수 없으니 제대로 정리할 수도 없는 것

이다. 언젠가 마주한 여행지의 강렬한 풍경처럼, 윤의 이름은 그런 식의 아쉬움을 수반한다.

갈까? 바다? 윤이 느닷없이 말했다. 시계를 본다. 일곱 시를 가리키고 있다. 서두르면 브런치는 바다에서 먹을 수도 있겠다.

돗자리도 없이 모래를 깔고 앉아 바다를 본다. 바다에서 나눴던 수많은 약속들이 아직도 떠내려가질 못하고 해변 근처만 맴돌고 있다.

약속

──────

　새가 지저귄다. 네 시 삼십 분이다. 밤새 잠들지 못하고 있으면 새가 일어나는 시간을 알게 된다. 여름엔 이 시간쯤 되면 어김없이 밖이 밝아지기 시작한다. 어제를 끝내지 않았음에도 기어코 오늘이 오고 만다는 당연한 사실은, 가끔은 좀 무자비하게 느껴진다. 시간은 내가 흘려보내서 가는 게 아니고, 나의 마음가짐이나 상태, 기분의 고저와 상관없이 흐른다. 시간은 내게, 혹은 한 인간의 삶에 별다른 관심을 두질 않는다. 그저 흐른다. 흐를 따름이다. 우리는 그 거대한 흐름에

편승하여, 눈으로 보이는 계절과 밤낮만 겨우 쫓을 뿐이다.

  시간의 관점에서 보면 나라는 존재는 그야말로 찰나에 불과한, 한없이 보잘것없는 것이다. 내가 이토록 보잘것없기 때문에, 시간은 내게 얼마든지 모질게 굴 수 있다. 나는 오늘 밤새도록 노트북 키보드에 손을 올리고 있었다. ㄹ과 ㅓ에 양각된 선을 검지 끄트머리로 느끼면서, 세상에 존재하는 그 어떤 것이든 적어 남길 수 있단 각오는 과연 어디로 사라졌는지 자문했다. 수많은 문장을 적었다가, 지워버린다. 새로 태어나는 문장과 사라지는 문장이 전부 나였다. 시간이 지나면서 허물어지는 것들 사이에 내가 있었다. 내가 내 안의 무언가와 싸우는 와중에도 시간은 속절없이 흘렀다. 밤은 다시 아침이 되었고, 어제는 오늘이, 21은 22가, 월요일은 화요일이 되었다. 나는 하루만큼 낡은 마음으로 이 문장을 적고 있다. 어떤 것의 도움도 받지 않고서 밤의 침묵을 온전히 견뎌냈기 때문에, 입안이 마르고 눈이 시렸다. 새는 지저귀고, 나는 안일한 마음으로 아무것도 적지 못한 밤을 용서하고 싶어진다.

화요일은 대체로 아무 일도 일어나지 않는다. 지금까지 살아온 역사를 되짚어봤을 때, 적어도 내 삶에서만큼은 통용되는 규칙이었다. 월요일이나 금요일, 토요일과는 다르다. 시작도, 끝도, 쉬는 날도, 가운데도 아니라는 점에서 애매하게 목요일과 비슷한 포지션을 가진다. 그러나 이틀만 버티면 주말이 오는 목요일과는 그 무게감부터가 다르다. 가장 평범한 날인 것이다. 그러므로 화요일엔, 아무런 일도 일어나지 않는다. 아마 화요일엔 누군가를 떠나보낸 적도, 사랑에 빠지게 된 적도, 크게 슬프거나 화가 난 적도 없는 것 같았다. 한번 그렇게 생각하기 시작하니까, 어째선지 반드시 그래야만 한다는 마음이 불쑥 자라나기 시작했다. 바람이란 그런 것이다. 나는 내 화요일이 쭉 무탈한 거였으면, 하고 바라고 있다. 어떤 특별한 힘이 (예컨대 시간의 무신경함을 슬쩍 비껴날 수 있는) 화요일에만 크게 작용해, 지금까지 무탈할 수 있었다면 앞으로도 얼마든지 그래도 될 거였다.

그런데 화요일인 오늘, 내 몸은 곤두서 있다. 어디 모서리에라도 부딪치면 산산이 부서질 것 같은 상태로 아침을 맞았다. 잠깐 사이에 눈의 통증이 심해졌다. 발뒤꿈치도 슬슬 아린다. 삼십대 중반이 되면서는 몸의 구석진 곳이 자주 삐걱거린다. 교체할 수 없는 소모품이란 얼마나 황망한가. 맞대고 비벼 따듯해진 손바닥을 오른쪽 눈에 갖다 댄다. 어디선가 이런 식의 지압법을 본 기억이 있다. 나는 손바닥의 압과 살갗의 온기를 느끼면서 만 킬로미터 주기로 갈아야 하는 엔진오일이나 소모될 때마다 쉽게 갈아 끼우는 타이어를 생각한다. 파손된 부품의 값을 지불하고 교체하는 행위가, 동전을 넣으면 다시 살아나는 게임 속의 캐릭터가, 시간의 무심함을 조금 비껴간 것도 같다. 그것은 수동적인 삶이라서 가능한 걸까.

나는 가끔 수동적인 자세로 평생을 지내고 싶다고 막연히 생각한다. 몸의 교체주기를 낱낱이 적어 후대에 물려주는 상상을 한다. 눈은 십오 년이다. 그 이상 사용할 경우엔 시력이 떨어지고, 별을 제대로 관측할 수 없게 된다. 그러나 그것은 불가능한 일이지. 먼 전생에 몽골의 어느 초원에 서 있던 일을 회상한다. 몸을 정갈히 사용해야 한다는 선대의 말이 그저 최선이었음을 이제 와서 깨닫고 만다. 조금 늦었다는 감이 있다.

나는 마땅히 쓸 게 없다고 여길 때마다 먼 전생에 겪은 일들을 생각한다. 몽골의 초원에서 바라본 별과, 별자리마다 구전되는 설화와, 기나긴 사막의 밤을 생각한다. 마침내 사랑했던 사람의 얼굴과, 다시 만나자던 약속을 생각한다. 그 약속을 지킨 적이 내 수많은 생중에 있긴 있었을까? 자문하지만 답을 알 수 없다.

과거를 과거로
남겨두는 일

————

　과거를 과거로 남겨두는 일을 나는 이해하지 못했다. 어째서 이렇게 된 건지, 또 그래야만 하는지. 납득하기엔 남아 있는 게 너무 많다고 여겼다. 당신 없이 계속 살아지는 것이나, 당신이 내 생으로부터 사라지는 것이나 뭐가 어쨌든 괴롭긴 마찬가지였다. 우린 자주 농담처럼 전생에 관해 논했다. 다시 태어나면 마땅히 서로를 잊어버려야 하는 것인데 어떤 연유에선지 기필코 만나고 말았다는 전제가 우리 둘 사이엔 있었다. 그런 걸 낭만으로 여기던 때도 있었지. 철이 없었다.

그러나 나는 아직도 운명을 믿고 싶다. 당신이 나를 생각하면서 적은 몇 개의 문장이 가끔 떠올라 옆구리를 찌른다. 사랑이라며, 운명이라며. 마음이 식는 건 불가항력이라 나는 당신을 탓하고 싶진 않지만, 또 동시에 탓하고 싶다. 머리와 가슴이 따로 논다. 그건 당신이 떠나면서 내 목을 잘랐기 때문인가. 나는 당신을 원망한다. 나는 당신을 탓한다. 나는 당신을 그리워하고, 나는 당신을 생각한다. 이게 사랑이 아니면 또 뭐가 사랑이지. 어떤 걸 사랑이라고 불러야 하지. 살수록 정체가 모호해진다. 아무렇지 않은 척 메시지를 보내볼까. 당신이 무책임하게 내게 했던 것처럼.

경칩驚蟄

―――――――

　쓸쓸한 세계를 너무 오래 생각했다. 그러는 사이에도 시간은 충실히 흘러 어느새 경칩이 되었다. 만물이 생동하는 절기. 꽃이 피고 싹이 돋을 것이다. 날 두고 돌연 아이슬란드로 떠난 세영을 생각한다. 길게 이어진 도로를 따라 달릴 때는 어김없이. 그곳의 봄은 어떤지, 공기가 머금은 습기와 산의 냄새는 어떤지, 나는 궁금했다.

　세영으로부터 연락이 아주 오지 않은 것은 또 아니었다.

연락이 끊어진 뒤로부터 세 달쯤 지나선가, 전화가 한 번 오긴 왔었다. 겨울이었고, 새벽 네 시였고, 나는 혼자였다. 세영은 수화기 너머로 내 전화번호를 떠올리는 데 오랜 시간을 할애했노라고 했다. 그러니까 알긴 알았는데, 완전히 알지는 못해서, 몇 번인가 다른 사람에게 걸었다는 것이다. 나는 세영의 말을 가만히 듣기만 했다. 욕이라도 실컷 해주고 싶단 마음은 진즉에 사라졌다. 세영은 아이슬란드의 겨울은 어떤지, 화산이 폭발할 때 나는 특유의 냄새는 또 어떤지, 아침으로 자주 먹는 플록크피스쿼르는 또 어떤지 같은 걸 쉬지 않고 떠들었다. 그러는 와중에 몇 번인가 딸깍, 하는 소리가 들렸다. 내 짐작이 맞는다면 그것은 공중전화가 동전을 삼키는 소리였다. 세영은, 잠시만, 하고 말을 끊더니 동전을 더 집어넣었다. 소리로 짐작하건대, 다섯 개였다. 나는 그녀의 말에 가만가만 대꾸하면서 기다렸다. 세영의 말엔 정작 내가 듣고 싶은 것들이 모두 생략되어 있었다. 이를테면, 미안해, 라든가 어째서 연락도 없이 돌연 아이슬란드로 떠나야만 했는지 같은 것들. 한국은 곧 봄이 돼. 내가 말했다. 세영은 쏟아내던 말을 주체하지 못하고 몇 마딘가 더 바닥에 떨어뜨리다가 뒤늦게 입을 닫았다. 봄, 그래 봄이구나. 세영이 의미 없이 반복했다. 나는 우리의 약속들을 기억하고 있는지, 혹은 그렇지 않은지 구태여 묻지 않았다. 봄에 가기로 했던 곳들의 리스트가 아직 핸드폰에 저장되어 있었다. 수화기 너머로 기차의 기적소리가 들린다. 먼 이국의 소리. 소리가 가까워진다.

나는 상념에서 깨어난다. 계절이 몇 번 돌아 다시 경칩이 되었다. 만물이 생동하는 절기. 꽃이 피고 싹이 돋아도 세영은 돌아오지 않을 거였다.

아이슬란드

내친김에 세영에 관해 더 생각하기로 한다. 오늘은 어째 선지 그러고 싶다. 아마도 날씨 때문일 거라고 짐작한다. 혹은 죽을 만큼 쓸쓸하기 때문이든가. 그러나 빛바랜 기억이란 늘 그렇듯이, 세영에 관해 생각하려 애쓰면 애쓸수록 포커스는 자꾸만 세영으로부터 멀어졌다. 예컨대 그녀와 함께 갔던 바다를 추억하다가, 그 동네에서 먹은 얼그레이 케이크가 일품이었지, 숙소의 조명이 조금 비뚤어진 게 신경 쓰였지, 그때 입은 바지의 품이 어색했지 따위의 생각들만 자꾸 하게 되는 것이다. 나는 세영의 목소리와 말투를 떠올리기 위해서 몇 접시의 파스타와 벗겨진 원목 테이블의 끄트머리와 그 밤에 듣던 빗소리를 모조리 기억해내야만 했다. 널어놓은 빨래에서 배어나던 풀 냄새와 창 너머로 비치는 주황색 가로등을 오래 조명해야만 했다. 그 일련의 기억들을 모조리 지나서야 나는 세영에게 가닿을 수 있었다. 나를 부르던 목소리. 그 다정한, 애정이 담긴, 이제 다시는 영원히 들을 수 없는.

우리 사이에 넘어야 할 게 이렇게 많단 건, 그녀가 아직 아이슬란드에 있기 때문일 거였다. 세영은 기차를 타고 마음 가는 대로 여행을 하고 있노라고 털어놓았다. 혼자서 다닐 때도 있고, 가끔은 마음 맞는 사람과 며칠씩 동행을 하기도 한다고. 나는 그 동행인이 남자인지, 여자인지, 아이슬란드 사람인지, 동양인인지, 과연 말이 통하긴 하는지 묻지 않았다. 가장 참기 힘들었던 건, 그 사람과 이별할 때에도 말없이 떠났니? 같은 물음이었다. 물음이 자꾸만 울음이 되었다. 세영은 내가 우는 걸 좋아하지 않았으니까. 물을 수가 없었다. 언젠가 아이슬란드는 자국민이 적어서 여행자와 데이트하는 걸 아주 선호한다는 글을 읽은 적이 있다. 게다가 세영은,

묘하게 사람을 끌어당기는 매력이 있다. 나는 여전히 그녀를 사랑하고 있음을 시인하는 수밖에 없다. 말투와 목소리, 형체도 아득해진 사람을 사랑할 수 있느냐고 묻는다면, 나는 세영을 이토록 분명히 사랑하고 있음에도 아마, 잘 모르겠다고 답할 것이다. 어떻게 이런 게 가능한지 스스로도 명쾌히 증명해낼 수 없기 때문이다.

설명할 도리가 없으므로, 침묵하는 쪽을 택한다. 회피하려는 건 단지 나의 못된 습관. 가끔 자문하긴 한다. 내가 알던, 아니 내가 사랑하던 세영이, 과연 세영이 맞는가? 모르겠다고? 확신할 수 없다고? 그럼에도 그녀를 사랑한다고 할 수 있는가? 그래, 세영은 돌아오지 않을 것이다. 그러므로 내 마음도 오래 사랑일 수 있겠지. 역설적이다. 내 마음속에 뿌리를 박고 자란 세영이 진짜든 가짜든, 실제와 얼마만큼의 연관성을 갖든 말든, 이제 중요한 것은 그게 아니다. 사소한 문제가 되어버린 것이다. 세영은 내게 살아 돌아오지 않을 테고, 그렇다면 내 세계에 세영은, 내 가슴에 뿌리를 틀고 앉은 이 사람뿐이다. 타국의 기적소리를 기억한다. 대한민국의 운전 취급 규정에 따르면, 길게 한 번 울리는 기적소리는 역에

진입하기 직전의 기차가 내는 소리다. 아이슬란드도 그럴까? 알 수 없다. 어째선지 알 수 없는 것투성이로군. 혼잣말한다. 기차에 앉은 세영을 상상한다. 창틀 너머로 설국을 내려다보면서, 언젠가 내가 선물한 책을 가만히 떠올리기도 할는지. 불현듯 한국이, 더 정확하게는 내가 그립기는 할는지. 물어보고 싶어도 이젠 방도가 없다. 나는 아이슬란드가 슬프다.

사랑한다는 말

—————

마음이 처절해질수록 내가 그 애를 좋아한다는 사실과 좋아하는 마음 때문에 죽어버릴 것 같단 사실만 매일 실감했다. 너무, 정말, 많이, 손쓸 수 없을 만큼, 좋아한단 말로는 부족할 만큼 당신을 좋아해. 좋아합니다. 나는 바닥에 쏟아내듯 고백한다. 어찌 된 영문인지 좋아한단 말을 하면 할수록 답답함만 늘었다. 예상컨대 아마 내 마음을 온전히 표현하지 못했다는 사실로부터 파생된 답답함일 거였다. 나는 추상적인 걸 적어 남기는 것을 업으로 삼는 인간인데, 내 마음 하

나 똑바로 표현할 수 없다니. 애석했다. 내가 아는 모든 부사
와 형용사를 갖다 붙이면, 또 저기 있는 편지지를 다섯 장쯤
할애하면, 그땐 이 마음이 좀 전해질 수 있을까? 아마 아닐
거였다. 마음이 갈피를 잃을수록 사랑한단 말은 찬란해졌다.
이 모든 감정을 함의하는 동시에 고유할 수 있다니. 이 답답
함이 극에 달해 더는 참을 수 없을 때, 그때가 처음 사랑을 말
하는 날이 될 것이다. 나는 생각한다.

○

완벽을 추구하는 상스러운 버릇. 삐져나간 어깨에 톱을 갖다 대었다. 이쪽에서 한 토막 저쪽에서 한 토막, 내가 맞추려고 한 것은 균형이었는데, 날마다 자라나는 어깨는 공평하질 않았네. 그 사실을 너무 늦게 깨달았지. 균형이 깨져 쉽게 버려진 어깨가 많아도 너무 많았다. 나는 차마 그걸 주워 담지 못하고 비뚤어진 어깨를 모로 끌어안으면서 곡소리만 냈다. 어느 날 당신이 말하는 것이 문득 공허하다 느꼈다. 누구도 눈치채지 못한 사이에 텅 비어버린 것이다. 첫눈은 알몸으로 내 전부를 끌어안았는데, 나는 분명 선연히 기억하는데, 마지막 눈의 행방은 아무도 몰랐다. 좀 가혹한 거 같아. 나는 입춘을 앞둔 밤, 혼자 남겨진다.

○

　글씨가 엉망이다. 지금껏 어릴 때 오른손잡이로 교정당했기 때문이라고 여겼지만, 사실은 계속 왼손잡이로 살았어도 별다를 바 없지 않았을까. 요즘엔 그런 생각을 한다. 세상에 존재하는 모든 명사와 동사와 부사와 형용사와…… 아무튼 모든 글자를 엉망으로 적는다. 그러나 나는 사랑만은 잘 적는 사람이고 싶었다. 언제나 조금 더 그럴 듯한, 반듯하게 각지고 때론 동그랗게 정돈된 글자로 당신을 향한 마음들을 공들여 빚어내고 싶었다. 내 세상은 엉망으로 흘러가지만, 사랑만은, 누구나 명백히 읽을 수 있는 또렷함을 갖기를 바랐다.

안부

―――――

K는 종종 내가 죽는 꿈을 꾼다고 했다. 나의 장례식에 몇 번이나 왔다고. 그런 날은 꼭 깨어나서 울었다고 했다. 다시는 못 보게 되었다는 서러움이 복받쳐서 "나는 이제 어떻게 사나." 하는 소리가 절로 나왔다고도 했다. 그런 K를 보면서 나는 어차피 헤어졌으니 못 보는 건 마찬가지 아니냐고 물으려다가, 어쨌든 마주 앉은 상황 탓에 그러지 못했다. 우린 어쩌다가 다시 마주 앉게 되었을까. 나는 왜 새벽에 걸려온 K의 전화를 기어코 받고 말았을까.

의문은 해결되지 않고서 쳇바퀴처럼 나는 왜, 나는 왜, 소리를 내며 의미 없이 돌았다. 헛도는 쳇바퀴가 달구어놓은 정수리가 미끈하게 뜨겁다. 별일 없으면 됐다고 말하는 K에게 나는 고개만 끄덕여 인사를 대신 했다. 헤어지던 날 안녕은 충분히 말했으니 우리 사이에 더 이상의 안녕은 필요하지 않다는 생각에서였다. 그녀는 나의 눈을 가만히 보다가 곧, "앞으로도 별일 없이 살자 우리." 했다. 다시 이별이었다. 잠자코 K가 말하는 '별일'의 기준을 생각하는 동안 그녀는 복잡한 눈으로 떠났다. 매일 아침 현관문 너머로 봤을 멀어지는 어깨를 매일과 다른 심정으로 본다. 돌아서는 K의 꿈에서 나는 다시 한번 죽고 싶었다. 아니 몇 번이라도 죽고 또 다시 죽어서 그녀의 가슴에 결석 같은 단단한 비석이 되고 싶었다. 숨을 쉴 때마다 가슴 언저리가 묵직하도록, 앞으로 살아갈 몇십 년의 시간 동안 비바람을 맞아도 굳건할 비석이 되고 싶었다.

테이블 위에는 K의 연필이 덩그러니 놓여 있다. 잃어버린 건지 남겨두고 간 건지 알 방법은 더 이상 없다. 연필을 자주 쓰는 사람은 연필을 잘 깎을 거라는 오해를 오래 하며 살았다. K가 깎아놓은 가지런하지 못한 연필이 시커먼 흑심을 송곳니만큼 날카롭게 드러낸다. 날것의 욕망. 그것은 기어이 우리의 이별마저 기록하고 말겠다는 욕망이었다.

젠가

―――――――

누군가의 집에 모여 젠가를 한 기억이 있다. 거의 십 년은 된 일이다. 안주로 내온 옛날통닭과 순대볶음, 쥐포를 한쪽으로 밀어놓고 한사코 테이블 위에 젠가를 올린 건, 김의 고집 때문이었다. 너무 하고 싶어서 사긴 샀는데 집에서 혼자 하는 건 재미가 없어서 오늘만 벼르고 별렀다는 거였다. 김이 먼저 블록을 빼서 위로 올린다. 가지런하다. 그다음엔 내가, 그다음엔 홍과 박이 차례로 블록을 올린다. 다섯 바퀴가 도는 동안 누구도 블록을 모로 놓지 않는다. 덕분에 젠가의 탑은 위태롭지만 그럭저럭 가지런한 모양을 유지한다. 일곱 바퀴에 접어들었을 때 김은 마침내 블록을 세워놓는다. 나는 약속이라도 한 것처럼 김의 블록 옆에 나란히 블록을 세웠다. 그다음엔 홍과 박이, 그걸 기둥 삼아 다시 탑을 쌓았다. 몇 바퀴나 더 돌았지? 정확히 기억나진 않지만, 아무튼 탑을 쓰러뜨린 건 나였다. 그것만은 명확히 기억한다. 중간쯤에 있던 걸 빼다가, 김의 쪽으로 와르르 쏟아져버린 것이다. 김은 의미불명의 표정을 짓고서 벌주를 마신 내게 입을 맞춘다.

김과는 기타 동호회에서 만났다. 아는 사람의 아는 사람이 운영한다던 동호회였다. 그 당시의 나는 갓 전역한 애송이라 그런 식의 만남에 좀 갈증을 느끼고 있었다. 클럽이나 나이트같이 시끄러운 곳은 체질이 아니고, 보다 점잔 뗄 수 있는 곳이라 좋았다. 전역한 주에 낙원상가에서 산 기타를 가지고 나는 수원역 인근의 카페로 매주 나갔다. 그 주에 할당된 노래를 두 시간쯤 연습하고 뒤풀이로 술을 마시러 가는, 특별할 거 없는 모임이었다. 그래서 오히려 좋았다. 보통 열 명에서 열두 명의 사람이 나왔는데 그중에 한 명이 김이었다.

언제고 사람들 앞에서 혼자 노래를 부를 일이 있었다. 그 주에 과제로 나온 노래를, 발제한 사람과 나밖에 모른다는 이유에서였나. 뭐, 그랬을 거다. 나는 INFP 주제에 남들 앞에서 노래 부르길 즐겼으니까. 몇 번 거절하는 체하다 결국 상석에 앉았다. 김이 고백하기를, 그날부터였다고 했다.

두 번째 젠가를 쌓는다. 절반쯤 쌓았을 땐가 창밖으로 빗소리가 들렸다. 오늘 비 소식이 있었어? 박이 묻는다. 글쎄. 나는 대충 대꾸한다. 그 자리에 모인 사람들 중에 일기예보를 건실히 챙겨보는 이는 아무도 없었다. 날씨에 구애받지 않는 사람이 둘, 집에 틀어박혀 사는 사람이 다시 둘로 공평했다. 가로로 세 개, 세로로 세 개, 가로로 세 개, 세로로 세개. 다 쌓은 뒤에는 박스를 씌워 가지런히 맞춘다. 당신 먼저 해. 김이 어깨에 손을 얹으며 말한다. 숨결에서 잘 익은 과일 냄새가 난다. 이번엔 첫 블록부터 세워놓는다. 박이 작게 탄식하는 소리가 들린다.

그 당시의 나는 김과 헤어질 마음을 굳히고 있었다. 아무리 생각해도 그건 사랑이 못되었다. 동호회에 나가지 않은지도 꽤 되었으니 서로의 소식을 듣고 괴로울 일 같은 건 생기지 않을 거였다. 김은 이별을 직감했을 것이다. 내 상태에 기민하게 반응하는 애였으니까. 아마 두 주 전쯤엔 벌써 눈치를 챘을 거다.

베란다에 나와 담뱃불을 붙인다. 박은 흡연자면서 집에서 담배 냄새가 나는 걸 못 견디는 종류의 인간이었다. 어느새 빗줄기가 굵어져 있었다. 모르는 사이에 변하는 것들이 많다. 계속 이렇게 내리면, 강남역 지하상가가 잠길지도 몰라. 어째선지 그런 생각을 하고 있었다. 베란다 창에 바짝 붙어 방금 전의 게임을 복기한다. 이번에도 쓰러뜨린 건 나. 블록은 김의 잔 바로 앞까지 쏟아졌다. 기대어 있던 베란다 창이 열리면서 김이 나온다. 신고 있던 슬리퍼 한쪽을 벗어 김 쪽으로 민다. 그 애는 왼쪽 발에 슬리퍼를 신고, 오른쪽 발은 내 발등에 올린다. 과일 냄새가 나. 나는 말한다.

"있잖아. 아까 젠가 할 때 이게 꼭 우리 같다고 생각했어. 딱딱하고 가지런한 관계에서 조금씩 무용하고, 위태롭고, 아름다운 것으로 변해가는 게." 그러곤 잠깐 말을 고른다. 그건 김의 버릇이었다. "무너지지 않았으면 좋았을 텐데." 그렇게 고르고 고른 문장이 겨우 저거였다. 그 사실이 애석할 따름이다. 가만히 김의 미간을 살핀다. 그 애는 나를 탓하고 있었다. 술이 과했다고 생각한다. 김의 미간이 핑핑 돈다.

우린 젠가 같은 자세로 서서 말없이 담배를 피운다. 무용하고, 위태롭고, 아름답게. 그러나 곧 무너질 거란 위기감 속에서.

사랑의 증명

————

1948년 노벨문학상 수상자 T. S. 엘리엇은 이렇게 말했다. "우리의 모든 탐험이 끝나는 순간은, 우리의 시작을 알게 되는 순간이다." 그 말은 곧, 인류의 철학적 사유와 탐닉의 끝에는 반드시 인류와 자아에 관한 성찰이 있어야 한다는, 그러니까 '나는 누구인가?', '인간이란 무엇으로 정의되는가?', '왜 존재하는가?', '삶은 무엇인가?', '왜 살아야 하는가?' 같은 질문에 답을 내려야 한다는 뜻으로 해석할 수 있지 않을까. 끝을 향해 나아가는 과정에 얻는 성장과 생의 이해가 결국 인간을 인간으로 존재하게 한다는 의미다.

기원에 관해 생각한다. 생에 존재하는 수많은 기원과 과정, 또 결과에 관해. 내가 어떤 과정을 통과해 지금에 이르렀는지, 어째서 특정 글자에 예민하게 반응할 수밖에 없는지. 나를 이루는 기질과 부분의 기원을 되짚어가다보면, 생의 어떤 구석은 꽤 명료하게 정리되기도 했다. 유기적으로 이어진 느슨한 시간의 고리가 기원과 결과, 방향을 꿰고 있었다. 과거는 과거에만 존재하기 때문에 결코 바꾸거나 영향을 줄 수 없다. 영향을 줄 수 있는 것은 오직 현재의 선택과 미래에만 존재한다. 우리가 시공간의 영향을 받는 차원에 존재하는 이상 어쩔 도리가 없다. 그럼에도 과거와 기원을 중요하게 생각하는 이유는, 그것으로부터 모든 것이 시작되었기 때문이다. 아보카도 씨앗을 심은 곳에 아보카도가 나고, 사과 씨앗을 심은 곳에 사과가 날 수밖에 없는 것처럼, 기원이란 현재와 미래의 씨앗이므로, 이 땅에 무엇이 자랄지 궁금하다면 먼저, 어떤 씨앗이 심어져 있는지 아는 게 중요하다.

그런 의미에서, 나는 요즘의 나를 온통 뒤흔들고 있는 괴로움의 기원에 관해 생각할 수밖에 없었다. 이 괴로움이 결국 어떤 꽃을 틔우고 열매를 맺을 것인지, 기어코 언제까지 성장하고야 말 것인지 알기 위해선, 기원에 관해 좀 더 면밀히 이해해야 했다. 그러나 내 괴로움의 기원은 결국 당신의 과거와 밀접했으므로, 그것에 관해 이해하려 할수록 앎은 또 다른 괴로움만 낳았다.

정신을 차리고 보니 괴로움과 괴로움이 유기적으로 잘 엮여 사방에 널려 있었다. 사는 것은 새로운 괴로움으로 낡은 괴로움을 기우고 덮어가는 일련의 지난한 과정이었다. 내게 가장 큰 괴로움을 줄 수 있는 사람은 언제나 가장 사랑하는 사람이었다. 가까운 곳에서 아무것도 걸치지 않은 살갗으로 달라붙어 있으니 자연히 그렇게 되는 것이다. 사랑은 필연적으로 다양한 형태의 괴로움을 수반하기 마련이다. 나는 타인의 과거가 어째서 이렇게 선연한 괴로움을 내게 떠넘길 수 있는지를 곱씹다가 마침내, 내가 그녀를 사랑하게 되었음을 알게 되었다. 사랑은 그 발생 시점이 모호해 관측할 방법이 도무지 없었으므로, 그런 식으로 사랑의 내부에서 먼 지점으로부터 별안간에 증명되기도 했다. 나도 모르는 사이에 이미 그녀를 사랑하고 있었기 때문에 전혀 대비하지 못했음을 시인하기로 한다.

사랑의 중력에 끌려 들어온 타인의 괴로움을 생생하게 느끼며 나는 그것을 황망히 지켜보기만 한다. 내 것이 아니면서 내 것이 되어버린 그 괴로움으로 마침내 나는 사랑이 시작되었음을 증명해냈다. 그 사실을 좋아해야 할지, 슬퍼해야 할지 알 수 없었다.

거짓말

4월 1일. 유구한 역사를 가진 거짓말의 날. 주희는 내게 전화를 걸어 다짜고짜 "거짓말 좀 해줘." 했다. 거짓말? 나는 거짓말에 약하다. 게다가 이렇게 무방비한 상태에서 무언가 이야기를 지어내는 일은 특히 어렵다. 이야기를 지어내는 쪽으로는 지나치게 잘해야 한다는 강박이 있는 바람에, 가벼운 거짓말도 좀처럼 지어내질 못하는 것이다. 퇴고할 수 없는 문장을 가만히 흘려보내야 하는 괴로움과 일맥상통한다. 한참 뜸을 들이자 그 애는, 기분 좋아질 만한 걸로, 하고 덧붙인다.

나는, 음, 하고 입을 연다.

"내가 독일에 살 때 일이야. 아주 오래전에 이혼하고 나서 실의에 빠져서는 계획도, 큰돈도 없이 무작정 넘어간 거였 지. 돈이 없어서 겨우 몸만 누일 수 있는 집을 구했어. 알지? 그런 집. 신림에 '잠만 자는 방 있습니다.' 같이 걸을 때 본 적 있잖아. 독일에도 비슷한 게 있거든. 침대 하나에 서랍장 하 나. 그나마 오 유로를 더 내면 얼굴만 한 창문이 딸린 방을 잡 을 수 있었지. 창문을 열면 드레스덴의 뒷골목이 내려다보이 던 곳. 비슷한 처지의 인간들이 모여 사는 곳이라, 어쩌다 복 도에서 마주쳐도 인사는커녕 눈도 마주치질 않았지. 그러다 아델린을 알게 된 거야."

"아델린?" 주희는 되묻는다.

"응. 한국계 독일인이었어. 그 애의 어머니가 한국인이래. 그게 아니었으면 우리가 통성명을 하고, 가끔 공동주방에서 저녁을 만들어 먹고, 드레스덴의 카페를 돌아다닐 일은 영영 없었겠지. 그 애는 어릴 때 한국에서 삼 년 정도 지낸 게 전부라고 했어. 그 뒤로는 한 번도 가본 일이 없다고. 이미 십오 년은 지난 일이라 이화여대의 골목길만 어렴풋이 기억난다고 했어. 말을 하면서 손가락 끝으로 테이블을 더듬거리는데, 그 작은 동작만으로도 나는 아델린이 그 골목길에 향수를 느끼고 있다는 걸 알아챌 수 있었어."

"사랑했어?"

"응, 사랑했지."

주희가 묻고, 나는 대답한다.

"그러던 어느 날, 그 애가 심각한 표정으로 내 방문을 두드렸어. 돌아오는 주말이 자기 생일인데, 받고 싶은 선물이 있다는 거였어. 나 말고 누구도 해줄 수 없는 거라고, 꼭 들어줬으면 좋겠다는 말로 거절을 미리 거절했어. 나는 그런 식으로 단정하는 걸 좋아하진 않지만, 그때는 어쩐지 고개를 끄덕일 수밖에 없었어. 그 애를 사랑했으니까. 사랑하는 사람이 '당신 말고는 누구도 해줄 수 없는 일'을 부탁해온다면, 그건 어떤 대가를 치러서라도 반드시 들어줘야만 하는 거라고 그때의 나는 믿고 있었어. 내게 사랑보다 중요한 건 없었으니까. 불과 몇 달 전에 다른 사람과 결혼하기로 약속했었는데도 말이야. 우스운 일이지."

주희의 숨소리가 가지런하다. 거짓말이라고 믿는 모양이었다.

"그 애는 어설픈 한국말로, 내게 고추장찌개를 해줄 수 없겠느냐고 물었어. '고추장찌개?' 나는 되물었어. 그러곤 그 애의 눈을 들여다봤지. 가지런하고 짙은 눈썹과 살짝 찌푸린 미간과 회색빛이 도는 검은 눈동자가 단호하게 그곳에 존재하고 있었어. '농담하는 게 아니구나.' 아델린은 고개를 끄덕였어. 어머니께 부탁해봐도 어째선지 한국음식은 통 해주질 않는다고, 넋두리했어. 우린 주말에 장을 보러 가기로 했어. 고추장이나 쌀 같은 걸 사려면 교외의 마트까지 나가야 했으니까. 먼 길이 될 거라고, 그 애는 속삭였어."

"그래서 해줬어?"

"응. 우린 아침 일찍 만났어. 낡은 버스를 타고 교외로 나 갔지. 버스는 거의 은퇴할 때가 된 것 같았어. 정류장에 멈추 고 출발할 때마다, 문이 열리고 닫힐 때마다 힘겨운 소릴 냈 거든. 발바닥에 느껴지는 진동이 싫지는 않았어. 그 진동은, 우습지만 잠깐이나마 한국을 떠오르게 만들었어. 드레스덴 의 버스에서, 나는 서울대입구에서 안양으로 내려가는 버스 를 상상했어. 옆엔 아델린이 앉아 있었지. 그때 누군가 버스 를 멈춰 세웠어. 정장을 갖춰 입었지만 몸이 단단한 걸 한눈 에 알 수 있을 정도였어. 그들은 곧장 우리 쪽으로, 아니 아 델린 쪽으로 걸어왔어. 그리고 말했지. '함께 가주셔야겠습 니다.' 아델린은 곤란한 표정을 짓고 내 손을 잡았어. 그건 겁 을 먹거나, 난처한 것과는 거리가 멀었어. 말하자면, 담담했 어. 올 게 왔구나. 그런 느낌이랄까. 그들은 잠깐 나를 내려다 보더니 다시 한번 아델린에게 말했어. '아버지가 기다리십니 다.' 아델린은 남자의 말을 막아 세웠어. '알겠어요.' 그건, 나 때문이었어. 그 태도를 통해 내게 정체를 들키고 싶지 않아 한다는 걸 느꼈어. 하지만 나는 그 애의 정체를 진작 알고 있 었어. 언젠가 우연히 그 애의 지갑을 슬쩍 본 적이 있거든."

"뭐였는데?"

"그건 비밀."

주희가 어이없다는 듯이 혀를 찼다.

"끝까지 들어봐. 아델린은 결국 그들을 따라갔어. 나는 막을 수가 없었지. 나는 버스에서 내리거나 집으로 되돌아가는 대신 계속 달려 마트에 갔어. 고추장과 돼지고기, 감자, 흰쌀 같은 걸 샀지. 아델린이 돌아올 거라고 믿었거든. 어쩌면 다시 한번 그곳에서 탈출할 수 있을 거라고 믿고 싶었는지도 모르고. 집으로 돌아오는 길엔 그 애가 좋아하던 카페에 들러서 당근 케이크를 샀어. 그런 대화를 나눈 적이 있거든. '한국에서 당근 케이크를 줄여서 당케라고 해. 당케는 독일어로 고맙다는 뜻이지. 그러니까, 고마울 일이 생기면, 당근 케이크를 주기로 하자.' 아델린은 이 이야기를 굉장히 흥미로워했어. 그리고 다시 태어나면, 꼭 한국에서 태어나고 싶다고 덧붙였어. 고추장찌개도 실컷 먹고, 당근 케이크도 실컷 먹겠다는 거였지."

"그래서 어떻게 됐는데? 그 애는 돌아왔어?"

"돌아오지 못했지. 나 혼자 고추장찌개를 끓여 먹고, 당근 케이크까지 싹싹 다 긁어먹고는 불현듯 이게 뭔 청승이냐 싶어서 다음 달에 귀국해버렸어. 아델린은…… 살아 있는지 죽었는지도 모르겠다, 이젠."

"그거 나야, 혹시?"

주희가 묻는다.

"아니, 아델린은 아델린. 주희는 주희. 환생 같은 진부한 이야기는 아니야."

나는 진지한 태도로 대답한다. 주희는 "재미없는 이야기네." 했다. 역시 거짓말에는 소질이 없다고 생각한다.

사랑의 숙명

시작하는 연인에게 도래할 수 있는 가장 큰 비극은, 사랑이 통상적인 시간의 영향을 받아 자라지 않는다는 점에 있다. 그러니까 어떠한 경우에도 둘의 사랑은 결국 비대칭일 수밖에 없으며, 대개는 더 많이 사랑한 쪽이 불리한 입장에 처하게 된다. 사랑이란 희생과 감내, 대가 없이 쏟는 마음에 그 가치가 있으므로, 일견 불리하다는 말과는 동떨어진 개념으로 여기기 쉽다. 그러나 더 많이 사랑해본 사람은 안다. 더 많이 사랑함으로 인해 내 사랑이 얼마나 불리하고 위태로운 벼랑에 내몰리는지를.

  연인을 향한 사랑은 커다란 장력을 가져서, 붙들어 누르지 않으면 그 힘이 다할 때까지 막무가내로 팽창하는 성질을 가졌다. 적당한 때에 적당한 힘으로 붙들지 못하면 힘을 다한 사랑은 저 혼자 한계점에 도달했다가 빠른 속도로 수축하기도 한다. 아니면 폭발해 산산이 비산하든지. 수축의 끝에 남는 것은 안정적인 중력을 가진 견고한 별이 아니다. 수축과 사랑은 그런 식으로 상호작용하질 않으니까. 우리가 마주하게 되는 것은 이제 아무것도 남지 않은 허무의 공간이다. 그러므로 사랑은, 소멸하지 않기 위해 본능적으로 같은 세기로 붙들어줄 사랑을 갈구한다. 필연적인 것이다. 하지만 앞서 이야기했듯이 사랑의 가변성은 무한히 변덕스러워서 결코 대칭으로 존재할 수 없다.

  팽창하는 사랑이란 위태롭고 무용하고 불안정하기 때문에 아름다운 것임을 우리는 경험을 통해 알고 있다. 보통의 팽창하는 사랑은 이런 연유로 안정적일 수 없다. 보상받지 못한 사랑은 자꾸만 팽창하는 마음이 두렵다. 한쪽으로 지나치게 치우친 사랑은 자꾸만 티가 난다. 티를 내지 말아야겠다고 생각하면서도, 티를 낼 수밖에 없는 애석한 숙명을 타고났다. 애초에 통제가 불가능하기 때문에 우리는 사랑을 불가해한 것으로 여기고 있지 않은가. 채근하지 말자고, 서운한 티를 내지 말자고 되뇌어봐도 효과는 잠깐뿐이다. 결코 지속되질 않는다.

어째선지 사랑으로 배운 것들은 금세 잊어버렸다. 이런 행동이 우리 사랑을 해치고 있단 사실을 알면서도, 끝내 행할 수밖에 없는 끔찍한 운명을 부여받는다. 운명이란 얼마나 얄궂은가. 어째서 더 많이 사랑한단 사실이, 우리의 사랑을 수축과 소멸로 내모는가. 내 손으로 사랑의 목을 조르는 경험은 끔찍이도 끔찍하고, 지나치게 지나쳐서 사랑을, 나를, 내부로부터 명백히 무너뜨렸다.

그렇기에 이 모든 역경을 극복하고 마침내 안정기에 접어든 모든 사랑에 나는 경의를 표한다.

EXIT

아이슬란드는 인구수가 약 삼십오 만 명인 폐쇄적인 국가라, 각별히 유의하지 않으면 피가 섞이는 경우가 잦았다. 나라의 역사가 길어질수록, 길을 가다 우연히 마주치는 사람이 3촌, 4촌, 5촌일 확률이 지속적으로 높아지는 것이다. 유전병 등 복합적인 문제를 피하기 위해서 만날 때마다 촌수를 따져 묻는다지만, 모든 경우의 수를 방지할 수는 없을 거였다. 그래서 고안한 게 '아이슬란딘가뷔크'라는 어플이다. 데이트를 하기 전에 어플을 통해 서로의 신원을 조회해보는 것이다.

두 사람이 유전적으로 가까운 촌수일 경우, 어플은 'Bump'라는 경고를 띄운다. 다시 말해 'EXIT'. 관계를 갖기 전에 탈출하라는 의미다.

'EXIT'라고 표시하는 비상구 표시등은, 비상구가 위치한 곳을 표시하는 등이므로 당연하게도 비상구 위에 위치한다. 나는 가끔 생각한다. 인생에도 비상구 표시등이 있으면 어떨까. 누군가와 헤어져야 할 때, 혹은 누군가를 향한 감정을 접어야 하는 순간마다 머리 위로 초록색 등이 들어온다면, 그럼 인생이 좀 살기 쉬운 것이 될까?

아마 그렇지 못할 것이다. 사랑에 있어 자유의지란 그런 것이다. 비상구의 문을 열어야 하는 순간에도 쉽게 달아나지 못했던 경험이 많다. 연애 상담을 해준 적이 있다면 공감할 것이다. 누가 봐도 헤어져야 하는 순간에 그러지 못하는 경우가 어디 한둘이랴. 헤어져야 하는 순간이 명백했음에도 붙들고 놓지를 못했지. 미련이었다.

당신의 이름

―――――

당신을 최대한 많이 갖고 싶었다. 당신이 가장 많은 생을 할애하는 게 언제나 나였음 했다. 누구보다 당신의 많은 면을 알고 싶었고, 나를 이해해주는 유일한 사람은 언제나 당신이었음 했다. 내게 삶의 많은 부분을 위탁했으면, 하고 바라던 밤도 많았다. 사랑이었지. 그러나 이젠 과거형으로 적는 수밖에 없다. 잠든 입술을 만질 때나 미간의 굴곡을 손으로 배울 때, 당신의 악몽을 나눠 가질 때, 누구에게도 보여주지 못한 연한 살을 내게 드러낼 때면, 나는 가엾은 당신의 표정을 영원히 안고 싶었다.

당신의 이름을 부른다. 윗입술과 아랫입술이 닿지 않는 이름. 세 글자가 다 떨어져야 소릴 내는 건, 우리가 끝내 견고히 달라붙지 못할 거라는 일종의 복선이었나. 나는 생각한다. 동그랗게 말린 입술이, 허공을 만지는 혀가, 여전히 당신을 기억하고 있다. 어떤 날에는 이름이 먼저, 어떤 날에는 함께 걷던 거리가 먼저, 어떤 날에는 다시 이름이 먼저, 어떤 날에는 다시 함께했던 약속이 먼저, 낯선 나라의 노래 가사처럼 두서없이 떠올랐다. 그렇게 두서없이 떠오른 것들을 가만히 들여다보고 있으면, 내가 여전히 당신의 많은 부분을 기억하고 있단 사실과 당신을 생각하기 위해 오랜 시간을 할애한다는 사실, 그러므로 여전히 나는 당신을…… 뭐, 그런 식의 결론에 도달한다. 그래, 난 여전히 당신을 적는 일에 많은 감정을 할애한다.

당신의 사진을 하도 많이 보는 바람에, 어떤 날 어떤 옷을 입었는지, 또 어떤 표정을 지었는지, 손목의 각도와 입술의 색까지 눈에 선했다. 여기, 당신이 누군가와 함께 왔던 카페

였지. 나는 기억한다.

'오늘은 당신과 함께 걷던 거리를 혼자 걸었다.' 너무 진부해서 이미 80년대에 유행가 가사로 실컷 소비된 문장을, 나는 적고 말았다.

샤덴프로이데Schadenfreude

———————

처음 독일어에 관심을 갖게 된 건, 순전히 H 때문이었다. 자주 가던 합정의 어느 카페에서 우연찮게 듣게 된 독일어 발음이 단번에 나를 사로잡은 것이다. 이히 바이세스 니히트Ich weiß es nicht라고 했던가, 다스 이스트 랑바일리크Das ist langweilig라고 했던가? 첫 마디가 명확히 기억나진 않지만, 난 몰라. 아니면, 지루해. 그 비슷한 말을 하긴 했을 거다. 그 무렵의 우린 한창 그런 생의 절기를 관통하고 있었으니까.

스물일곱, 동갑내기였던 우리는 자주 만나 시간을 보냈다. 흔들리는 시기엔 비슷한 것들끼리 모여 기대는 게 제일이라는 걸 본능적으로 알았는지도 몰랐다. 그 애가 살던 외대 앞이나, 그 애의 회사가 있던 광화문, 그 애가 좋아하는 합정의 골목길에서, 그 애가 좋아한다는 식당과 카페에서, 그 애가 좋아한다는 작가의 책을 읽었다. 보통은 그 애가 이야길 하고 나는 듣는 식이었는데, 그때의 내가 그렇게나 수동적인 자세를 취했다는 건 H가 그만큼 흥미로운 인간이었다는 것의 방증이었다. 나는 그 애와 함께 있는 동안엔 시종일관 수동적으로 굴었다. 꼭 세상에 처음 태어나 본 것처럼, H를 만나기 전까지의 기억은 모조리 소거된 것처럼. 과거의 나를 전부 지우고 그 애가 좋아하는 것들로 매일 차곡차곡 채웠다.

그 애를 사랑했냐고 물으면 그건 또 아니었다. 사랑보단 동경에 가까운 감정이었다. 나는 그 애를 동경하고 있었다. 그 애가 지냈다는 독일의 어느 도시나, 그곳에서 만난 사람들을 자주 상상했다. 그 애를 닮은 사람이 되고 싶었다. 그 애가 가진 문학에 관한 견해나 사랑에 관한 이야기들을 나는 좋아했다. 작가 지망생이었던 그때는 그런 것에 쉽게 흔들렸다. 특히 독일어에 관한 이야기, 그러니까 어원에 관한 이야기는 꽤나 흥미로운 것이라, 금세 그 애가 슬쩍 건네는 이야기에 홀린 듯 빠져들고 말았다.

그 언저리에 독일어 공부를 시작했다. 독일에서 생활했던 선생님이 곁에 있으니 걱정이랄 건 없었다. 단순히 앎에 대한 욕구, 즉 자기만족으로 시작한 거였으니 그냥 매일 조금씩만 더 알게 되면 그걸로 족했다. "aus bei mit nach seit von zu……" 알파벳을 외울 때 abcdefg……를 달고 살았던 것처럼 그 애가 알려준 노래를 매일 흥얼거렸다. 노래를 흥얼거리는 것 외에 가장 먼저 한 일은 생활에서 당장 쓸 수 있는 문장을 달달 외우는 거였다. 고마워, 미안해, 괜찮아, 이게 좋겠어, 아니, 그래, 이거 먹자, 저걸 읽자, 집에 가자, 몇 시에 볼까, 맛있다, 커피 마실까? 간단한 대화는 독일어로 하자는 게 암묵적인 룰이 되었다. 어떤 언어든 능통하기 위해선 자주 사용해봐야 한다는 게 그 애의 이론이었다. 이른바 '친해지기'라고 했다. 나는 그 얘길 들으면서 지당하다고 생각했다. 사용하는 언어 체계에 따라 특정 방향으로 뇌가 발달하게 되므로, 단순한 문장이라도 자주 사용하다보면 그 방향으로 흐르는 의식의 길이 발달해 더 넓은 길이 트일 수도 있을 것이다. 그다음으로 우리가 많은 시간을 쏟은 건 어원 탐구였다. 파라다이스나 십자가, 윤회, 공간, 순환, 계절과 교차점에 관해 이야기하는 시간이 나를 좀 살게 했다. 앎에 대한 욕구가 충실히 충족되던 시절이었다, 그때는. 그런 게 켜켜이 쌓여 스물일곱의 나를 빚어냈다.

　그 애와 만나지 않게 될 무렵에 혼자 알게 된 단어들은 좀 아렸다. 예컨대 샤덴프로이데 같은 단어. 샤덴Schaden은 고통, 프로이데Freude는 기쁨으로 직역된다. 해석하자면 '타인의 불행과 슬픔, 괴로움, 고통이 나의 즐거움이 된다'를 뜻했다. 샤덴프로이데. 이 얼마나 얄궂은 말인지. 불현듯 '나의 불행은 누가 꿈꾸던 미래였을까' 하는 시 구절이 떠오른다. 이실직고하자면, 나는 H의 고통을 꿈꾼 적이 있다. 그 애가 남자친구와 헤어지길 바란 적도 있긴 있었다. 내 앞에서 약한 속내를 있는 그대로 드러내고, 내게 의지하길 바랐는지도 몰랐다. 어쩌면 그 애도 나와 비슷한 심정이었을 수도 있겠다. 요즘에는 그런 생각을 가끔 한다.

그러나 그것은 사랑일 수 없다. 사랑보단 동경에, 동경보단 소유욕에 더 가까웠다. 예나 지금이나 나는 사랑과 소유욕을 기민하게 구분할 줄 아는 인간이므로, 이는 명백했다. 그러니까 12월 초의 어느 날, 뜨끈한 사케를 마시고 깊숙한 골목 안쪽에서 입을 맞춘 건 순전히 그날의 분위기 때문이었단 거다. 그날의 분위기를 기억한다. 사케 잔의 온도, 눈빛, 좁은 골목길의 모양과 목을 끌어안은 옷의 촉감, 가까이서 느껴지는 숨결의 세기, 달라붙어 오는 살갗의 감촉, 무언가 말하려던 그 애의 입술을 나는 기억하고 있다. 달싹이는 입술 사이로 내가 들은 말은 꿈이었을까. 그 뒤로 만난 일이 없으니, 이제는 물어볼 도리가 없다.

○

　시간과 사랑의 크기가 비례하지 않는다고는 하지만, 얼마
간 상호 보완하는 성질을 가지고 있음은 부정할 수 없다. 그
러므로 공평하게 무르익는 편이 가장 건강하다. 시간이 배제
된 사랑은 이해와 믿음이 부족하고, 사랑이 배제된 사랑은,
사랑이 아니다.

　나는 그간 시간이 해결해준 일들을 회상한다. 결국 시간을
이길 건 아무것도 없었지. 우린 시간이 지날수록 서로를 더
긴밀하게 이해하게 되고, 결국 서로의 방식으로 세상을 받아
들이는 법을 알게 될 것이다. 그렇게 되기를, 나는 소망한다.

유사사랑

―――――

　스물아홉 무렵, 나는 누군갈 사랑하기 위해 혈안이 되어 있었다. 사랑하기 위해 사랑하는 것. 그때쯤의 나는 어딘가 단단히 어그러져 있었기 때문에 그런 짓을 아무렇지 않게 했다. 말하자면 상대가 누구든지 별로 상관이 없었다. 집은 얼마나 떨어져 있는지, 술은 자주 마시는지, 연락의 빈도가 잦은지, 몰두하고 있는 일이 있는지 등등의 조건이 대충 맞아떨어지면, 나는 그게 누구라도 적당히 사랑할 자신이 있었다.

'적당히 사랑할 자신이 있었다'만큼이나 이상한 문장도 없다. 적당히는 그렇다 치더라도, 사랑의 메커니즘은 그렇게 자의적으로 움직이지 않는다. 숙달 여부나 앎의 정도에 따라 세기와 시기를 조절할 수도 없다. 막으려 해도 막아지지 않는 게 사랑 아니던가. 나는 사랑의 파도 앞에 속절없이 허물어진 경험을 많이 가지고 있었다. 누적된 경험을 통해 알게 된 사랑의 유일한 형질은, 자의적으로 조절할 수 없는 불가항력에 가까운 힘이라는 것 정도였다. 그러니까, 누구든 사랑할 자신이 있다고 생각하면서도, 사실은 내가 하는 게 사랑이 아님을 누구보다 잘 알고 있었단 뜻이다. 스물아홉의 내가 몰두한 것은 이를테면 유사사랑이라고 이름 붙일 수 있다. 유사종교, 유사과학, 유사인류처럼. '실제로는 그것이 아니지만, 그것인 척하는 것.'

어디에 갖다 붙이든지 유사란 글자는 부정적 의미를 내포한다. 유사사랑도 마찬가지다. 유사란 글자를 달고 있는 이상 그것은 피할 수 없는 일이다. 그 무렵의 나는 삶에 의미를 갖다 붙이는 일에 좀 지쳐 있었다. 생의 전반을 나누던 사람과 헤어졌기 때문일 수도 있고, 가까운 사람이 몇 명인가 연달아 세상을 떠났기 때문일 수도 있다. 개별의 사건들은 하나같이 중요해서 종래엔 오히려 중요하지 않아졌다. 아무튼 그런 이유들로 인해 내가 위태로운 상태에 놓여 있었단 사실만이 중요하다. 그런 연유로 나는 꺼져가는 생의 열망을 불사르기 위해, 혹은 다시 살리기 위해 사랑을 해야만 했다. 그 외의 방법은 배우질 못했다. 할 수 있는 거라곤 겨우 그런 것뿐이라고 여겼으므로, 그저 그렇게 할 따름이었다.

　정리하자면, 누군갈 사랑하지 않고선 견딜 수 없었기 때문에, 그러나 아이러니하게도 사랑은 자의적으로 조절할 수 없는 불가항력에 가까운 힘이었기 때문에, 나는 결국 사랑하는 척, 그러니까 유사사랑에 몰두할 수밖에 없었던 것이다. 그러다 만난 게 J였다. 동생이 일하던 스타벅스에서. 나는 소설을 쓰고 그 애는 출근 전에 커피를 사던 게 우습게도 인연이 되었다. 자주 보는 얼굴이라 눈에 익었는데 알고 보니 그 애가 SNS를 통해 내 글을 받아보고 있던 거였다. 우린 그게 일종의 운명일 거라고 믿었다. 막연하게도. 누구든 적당히 사랑할 자신이 있었기 때문에, 나는 곧 J를 적당히 사랑하게 되었다. 데이트는 보통 동네에서 했다. 일주일에 네 번 정도 커피를 마시고, 그중 이틀은 같이 잤다. 나는 프리랜서였고, 그 애는 한 달의 스케줄이 미리 나오는 간호사였기 때문에 일정을 정하는 게 수월했다. 어떤 날엔 편하게 입고 만나 공원을 걷기도 하고, 어떤 날엔 서로 좋아하는 영화를 서너 편 연달아 보기도 했다. 피시방에 가서 죽치고 게임을 하기도 하고, 모텔방에서 콘푸로스트를 먹으면서 칼 세이건의 〈코스모스〉 같은 다큐멘터리를 종일 본 날도 있었다.

　우린 아주 가까운 친구처럼 지냈다. 자주 만난 만큼 금방 정이 들어서 나는 애랑 헤어지면 한참 앓을 거라 예감했다. 나의 스물아홉과 서른을 함께 통과한 유일한 사람. 그 지점에서 이미 그 애의 이름은 내게 유의미한 것이 되었다. 그러나 나는, 유사사랑을 하고 있었기 때문에. 혹은 그렇게 믿었기 때문에. 사랑한다고 이야기하면서도 한 번도 그걸 진심으로 여기질 않았다. 구태여 '혹은 그렇게 믿었기 때문에'라고 적은 건 내가 그 애를 진짜로 사랑했음을 뒤늦게 깨달았단 뜻일 거다. 늦어도 너무 늦어버렸지. 실은 요즘에도 가끔 한탄한다.

J가 내게 남기고 간 것이 좀 있다. 뒤돌아보는 버릇, 사랑하기 위해 사랑하는 일을 멀리하려는 태도, 사람들이 가장 좋아하는 내 문장과 최근에도 종종 가는 맛집, 아직도 지우지 못한 메일함의 메일, 같이 하고 싶은 일을 적어 놓은 리스트, 그리고 약봉지 같은 거.

몸이 좋질 않다. 환절기마다 심하게 앓는다. 요 며칠은 거의 눈도 뜨질 못했다. 때 되면 앓는 건 오랜 버릇이라, 그 애를 만날 때도 어김없이 앓았다. 그럼 그 애는 약봉지에 귀여운 글씨로, '하루 두 번, 아침저녁으로만 먹어요. 나아졌다고 끊지 말고, 끝까지 다 먹어야 해요. 안 그럼 내성만 생긴다구요.' 같은 쪽지를 붙여서 내 옷에 몰래 넣어두었다. 나는 그걸 버리지도 못하고 켜켜이 포개 머리맡에 모아두었다. 그 마음을 잃어버리고 싶지 않아서. 아플 때마다 생각나는 사람이 있단 건, 근데 만날 방법이 없단 건, 표현할 길 없이 서러운 일이다. 발이 시릴 때 내 글이 생각난다던 J를 생각한다. 그 애가 내 글을 사랑하긴 했었지. J와의 시간은 자꾸만 나열하고 싶다.

우리는 죽어서
시가 되지

기차를 타야겠다고 마음먹은 건 반쯤은 충동적인 일이었다. 나머지 반은 차의 상태가 영 좋지 않음에 기인한 일이었고. 어쩌면 잠이 부족했던 것도 선택에 일조했을 거였다. 요즘엔 이성적인 판단을 잘하지 못하니까.

불면증이 심해졌다. 두 시간도 채 잠들지 못한다. 선택의 기로에 서면 정신머리가 돌연 더 흐리멍덩해져서는, 낯선 사람의 일을 처리하려는 것처럼 관망하는 태도로 일관하게 된다. 불면의 이유를 짐작하려 애쓴다. 잠드는 시간이 아까워 '안 자던' 것이, 언제부턴가 '못 자는' 성질로 바뀌었다. 습관성 질환이 되기라도 한 건가? 나는 생각한다. 습관성 탈골이 있다면, 응당 습관성 수면장애도 있어야 할 것이다. 행동거지를 조심하는 습관성 탈골 환자처럼, 나는 침대에 눕기 전엔 수면에 방해될 것들을 배제하려 애쓴다. 잠자리에 드는 간단한 일을 꼭 경건한 의식이라도 치르려는 것처럼 군다. 조도나 소음, 베개의 경도, 매트리스의 온도 같은 걸 꼼꼼히 조절한다. 그럼에도 잠이 오지 않는 걸 보면, 무언가 수치가 잘못된 게 틀림없다. 차라리 백색소음을 틀어놓을까. 낮은 조도의 조명을 켤까……. 그러나 언제나 그렇듯이, 밤 안에선 속 시원한 해결책이 나올 리 없다. 그저 안타까운 심정으로 경건한 태도만 유지한다. 눈을 감고, 무력하게 잠이 오길 바라는 것이다. 불면의 밤 앞에 내게 허락된 거라곤 겨우 그 정도가 전부였다. 불가항력의 괴로움. 불면이란 그런 것이다. 나는 차라리 항거불능의 힘 앞에 속수무책으로 무너지는 것을 좋아한다. 누구도 나의 허물어진 구석에 의문을 갖지 않으니까. 무너질 거라면 여지없이 무너지는 편이 좋다.

기차표를 예매하고서 편의점에 들른다. 무궁화호를 타면 부산까지는 넉넉잡아 다섯 시간. 어쩌면 배가 고플 수도 있었다. 마지막으로 기차를 탄 게 칠 년 전이니, 그 사이에 식당 칸이 사라졌대도 나는 알 도리가 없을 거였다. 그러니 미리 사는 편이 나았다. 새싹보리차와 크래미, 초콜릿을 사기로 한다. 요즘은 될 수 있으면 가볍게 삼킬 수 있는 걸 먹는다. 최근 몇 달은 잘 먹지 못했다. 햄버거나 라면, 국밥처럼 오래 씹어 삼켜야 하는 음식은 속에서 영 받질 않는다. 처음엔 여러모로 마음이 영 불편해서 굶기 시작했는데, 굶다보니 이것도 체질이 된 건지 어쩐 건지, 음식을 삼키는 게 점점 더 힘들어진다.

열차의 번호를 확인한다. 1215. 어쩐지 낯이 익은 게, 오래전 몇 번인가 올라탄 적 있는 열차 같다.

엉망이다.
아주, 지나치게, 모든 게 엉망이었다.
나는 2번 칸 7번 좌석에 앉아 조용히 곱씹는다.

몇 달간 불면에 허덕인 것이 무색하게, 기차에서는 달고 긴 잠을 잤다. 영의 꿈을 꾸었다. 먼 과거로 침전하기 위해서 더 깊이, 더 오래 가라앉은 거였다. 나는 생각한다. 광안리 앞에 살던 영. 동대문 나의 집에서 함께 지낸 적이 있는 영, 나와 닮은 글을 쓰던 영, 언젠가 산 정상에 서서 떠올렸던, 그 영이었다. 건너건너 풍문으로 들려오는 말에 의하면, 작년에 결혼했다지. 상대는 그림을 그리는 사람이라고 했던 것도 같다. 연필을 잡고 있던 영의 마른 손가락을 생각한다. 곧 부러질 것 같던 손가락으로 애달픈 걸 많이도 적었지. 나는 그토록 처절하고, 애절하고, 날 닮은 문장을 본 기억이 없다. 영이 적은 글들은 내가 적은 문장을 꼭 닮아서, 가끔은 정말로 내가 적은 게 아닌지 착각이 들 정도였다. 기차의 레일이 크게 곡선을 그리면서 몸이 왼편으로 기운다. 몸 안의 장기들이 덩달아 관성의 법칙에 따라 움직인다. 있잖아요. 어디선가 영의 목소리가 들렸다. 물론 착각이었다. 아니면 꿈속의 한 장면이었든가. 덕분에 잠에서 깨어난 나는, 그제야 영이 잠을 잘 자지 못하던 것과 밥을 잘 삼키지 못하던 것을 떠올린다. 언젠가 영은 잠이 든 내 얼굴을 손으로 감싸 쥐고선, 당신을 닮고 싶어, 같은 소릴 속삭인 적이 있다. 무언가 잘못되어가고 있었다.

부산은 나의 생활과 너무 동떨어진 도시라, 부산에 가면 내 세계의 시간과 동떨어진 시간 개념을 가진 것같이 굴게 된다. 언제나 조금 과거에 있는 도시. 광안리에 발을 디디면 나는 이십대 후반의 어느 날로 회귀하고 만 기분이 든다. 전철을 타고 곧장 광안리로 향한다. 부산역에서 광안리까지는 전철을 타고 족히 삼십 분은 걸릴 거였다. 열차 안을 둘러본다. 사랑하던 사람이 사는 동네에 오면, 혹시나 마주칠 일을 만들고 싶지 않기 때문에 평소보다 주변을 더 살피게 된다. 당연한 일이겠지. 이미 끝난 인연과 마주치는 일은 달갑잖다. 기억 속에 침전해 있던 영의 얼굴을 겨우 떠올린다. 창백한 피부와 마른 볼, 날카롭게 올라간 눈꼬리와 뱀 같은 입, 푸석푸석한 머리칼, 특히 내가 사랑하던 눈동자. 비웃음을 닮은 감탄사……. 떠올릴수록 영과 마주치는 일만은 삼가고 싶었다. 그 애는 나를 증오하니까. 내가 자길 사랑하지 않았다고 생각할 테니까. 나 때문에 글을 쓰기 시작했으니까. 그래, 영은 나 때문에 글을…….

영이 적은 수많은 문장 속에서, 나는 그 애에게 매몰찬 말을 수도 없이 쏟아부었다. 실제로 내가 영을 향해 그런 날카로운 태도를 취한 적이 없었기 때문에 늘 그 이유가 궁금했으나, 영은 그 문제에 대해 단 한 번도 속 시원히 대답해준 적이 없었다. 이유가 뭐였을까. 글쎄, 영은 나와 이별하는 상상을 하면서 그토록 애달픈 글을 적고 싶었는지도 몰랐다. 그런 연유로, 그 애의 글은 수필보다 차라리 시에 가까웠다. 날카롭고, 예민하고, 독을 품고 있는 문장들. 전철의 유리창에 비친 얼굴이 어째선지 영을 닮았다고 생각한다.

광안역에서 광안리 해수욕장까지 걷는다. 좋아하던 오뎅바는 문을 닫았고, 영의 집 앞에 있던 꽃집은 여전히 거기 있었다. 영의 집으로 향하는 골목길 앞에서 안쪽을 들여다본다. 이제는 바닷가 앞에 살지 않는다던 메시지를 떠올린다. 영은 이곳에 없다. 안도인지 아쉬움인지 모를 한숨이 나온다.

바다에 발을 담그고 서서, 나는 살아서도 내가 아닌데 죽는다고 더 나은 뭔가가 될 수 있을까? 물었다. 내 말에 영은, 우리는 죽어서 시가 되지, 했었나?

서울에 돌아가는 대로 영을 적어야겠다고, 나는 생각한다.
불가항력이었다.

○

　정차하지 않고 지나가는 열차도 있다. 우린 그렇게 과거
가 되었다. '있잖아, 사랑도 때가 맞아야 되는 거더라고.' 당신
이 없는 고단한 새벽을 견디면서 고작 저 한 문장에 오래 매
여 있었다. 하고 싶은 말은 많았는데, 하고 싶은 말이라고 다
하면 안 되는 거지. 나는 우리가 될 수 없는 것을 때의 탓으
로 돌린다. 제자리를 찾은 듯이 굴던 대화의 아퀴가 내게 그
러라고 시킨다. 잘못한 사람은 아무도 없지만 정차하지 않은
것에 대해 누군가는 책임을 져야 했다. 어른의 삶이란 그런
것이다. 나는 때라는 놈을 광장에 매달았다. 겨울의 한파가
매섭다. 틀림없이 오늘 밤을 견디지 못할 거었다. 공연히 살
갗이 아리고 속이 시끄럽다. 겨울바람이 허전한 속을 훑으면
서 허기진 소릴 흉내 낸다. 나는 갈증을 느낀다. 당신이 없는
고단한 새벽을 견디면서 때의 죽음을 기다린다.

공허의 한가운데

―――――

　카페 한편엔 사용하지 않는 의자와 테이블이 짐짝처럼 쌓여 있었다. 사회적 거리 두기 지침을 지키기 위해 테이블 간 간격을 벌리려다보니, 자리에서 밀려난 테이블과 의자가 저렇게나 많았다. 쌓여 있는 의자와 내가 앉은 의자가 얼핏 공평한 시간 속에서 다른 속도로 낡아가고 있다. 나는 내 위치를 가늠한다. 삶의 변두리 어디쯤 밀려나 있는지. 변두리로 밀려나야만 하는 삶은 공허하다. 되는대로 대충 읽어 만든 주체 없는 인생. 내 은하의 중심에 놓인 것들을 생각한다. 아주 세지도, 약하지도 않은 인력으로 소멸하지 않을 정도로만 겨우 나를 지탱하는 것들. 비가 오면 자꾸만 무책임하게 증발하고 싶다.

1998년인가, 99년인가, 아무튼 비가 많이 오던 세기말의 여름밤. 그때 읽은 책의 구절이 잊히질 않는다. '태양계의 주변은 이상하리만치 텅 비어 있습니다. 이 공동은 무려 천 광년에 달할 정도로 거대합니다.' 천 광년의 공동(空洞). 다시 말해 내가 사는 별은 천 광년의 공허, 그 중심에 위치해 있는 것이다. 빛의 속도로 천 년을 달려야 도달할 수 있다는 공허의 끝. 나는 이 공허가 끝나는 순간을 감히 상상할 수조차 없다. 그런 걸 생각할 때면, 사실은 생의 본질이란 공허에 있는 것이다, 그런 확신에 도달하기도 했다. 저 문장을 읽지 않았더라면 나는 조금 덜 공허한 인간으로 자랄 수도 있지 않았을까? 가끔 생각하지만, 후회를 함의하는 가정이란 언제나 뒤늦은 것이다. 천 광년의 공동은 그 존재를 알게 된 인간에게 유산처럼 공허를 떠넘기고 있었다. 그러나 공허 속에서도 태양은 뜨겁고, 지구는 공전하고, 달은 표정을 바꾸면서 만조와 간조를 만든다. 우리는 모두 각자의 자리에서 그저 존재할 따름이다.

삶에 별다른 목적 없이, 그저 사는 것 자체가 의미이자 목적이라던 사람을 생각한다. 무의미의 의미. 이제 당신은 내게 사랑을 말하고, 사랑의 언어들은 그 존재 자체만으로 내게 유의미한 것이 되었다. 당신의 사랑은 생에 점성이 돌게 해 내가 돌연 증발하지 못하게 단단히 붙든다. 분자 간의 인력이 강해지고, 그만큼 밀도가 높아지는 걸 매일 체감한다. 공허의 한가운데에서 우리는 서로의 생에 유의미한 무언가가 되려 하고 있다.

종속

———————

이맘때쯤 헤어졌었지. 나는 생각한다. 다 잊어버린 줄 알았던 것들이 덩달아 떠올라 소란하게 굴었다. 그해 겨울이 유난히 추웠던 것, 이삿짐을 포장하는 동안 몇 번이나 울음을 삼켰던 것, 창문에 비치는 가로등 불빛이 좀 기괴해 보였던 것, 당신이 안쓰러운 표정을 숨기지 않던 것, 슬픈 예감을 애써 외면하면서 실감한 비참함 같은 것……. 방 안을 가득 채운 이별의 예감이 손 내밀면 만져질 정도로 농밀했다. 밀도가 너무 높아서 숨 쉬기 힘들 정도였다고 기록하기로 한다. 외면으로 드러나지 않는 다른 자아가 생기기라도 한 것처럼, 속 깊은 곳에서 소리 내지 않고 수백 번이나 당신을 붙잡았다. 그럴 때마다 나를 거절했던 건 내 안에 자리한 당신의 분신이었다. 그것은 방대한 데이터로 인해 탄생한바, 현실의 당신과 크게 다르지 않은 판단을 할 거라고 자신했다. 당신의 분신은 그 뒤로도 꽤 오래 내 안에 남아 있었다. 붙잡고 싶을 때나, 연락하고 싶을 때마다 싸늘한 표정을 짓고 만류한 게 당신이었다. 남이 된 주제에 잔소릴 하기도 하고, 어떤 밤엔 원색적으로 힐난하고, 원망하다가 헐뜯기도 했다. 그러나 가끔 무너질 때도 있긴 있었다. 보고 싶어. 돌연 그런 소릴 하는 것이다. 나는 그것이 더 이상 당신의 분신이 아님을 깨달았다. 당신으로부터 흘러들어온 게, 나의 일부로 종속되는 과정이었다. 나의 분신도 당신의 내부에서 비슷한 과정을 겪었으리라고 짐작한다. 그로 인해 고유한 성질이 조금은 변했을 수도 있겠다. 사소한 취향이나 건드리면 안 될 구석 같은 거. 그런 구석을 마주할 때마다 나를 생각할지도 모를 일이다.

　나는 당신 앞에서 자주 스스로를 깎아내렸다. 그게 내 본

심을 고스란히 드러내는 짓이란 걸 몰랐다. 당신 앞에 서면 나는 나도 모르는 사이에, 어김없이 태초에 가까운 헐벗은 형태가 되었다. 무방비했다는 말이다. 그러나 숨길 게 많은 인간은 그렇게 굴면 안 되는 거였다. 좀 더 면 없이 뻔뻔하게 굴었어야 하는 거였다. 그 무렵의 나는 늘 치밀어 오르는 울음 같은 걸 품고 살았다. 그러니까 아마, 우는 얼굴을 하고 있었을 거다. 묻고 싶은 게 많은데 끝내 조용히 묻어야 할 때면, 보통 그런 기분이 되었으니까. 자기연민은 천성이 될 만큼 오래된 버릇이었다. 그런 걸 다 들켜버렸다고 생각하면, 차마 당신을 다시 볼 낯이 서질 않았다.

그 무렵 당신은 나의 무방비한 표정에서 어떤 것들을 읽어 냈을까. 어떤 것들을 읽어냈길래 내게 우는 얼굴을 투영했을 까. 나는 생각한다.

투영이란 것은 글자 그대로 상을 어딘가에 비추는 일이라, 그 대상은 물론이고, 투영하는 주체의 시선 또한 큰 영향을 미친다. 그러니까, 당신이 내게서 슬픔을 읽어낸 것을 비단 나의 문제만으로 치부할 순 없었다. 당신은 내게서 슬픈 얼굴을 읽고 싶어 했을 거였다. 내가 슬프기를 바랐거나, 필연적으로 슬퍼야 하는 거라고, 가엾게 여겼는지도 몰랐다. 그러나 적어도 당신을 만남에 있어 연민은 기피해야 할 감정이었다. 당신이 보고 자란 세계에서 연민이란, 아름다운 사랑의 결실이 결코 세상에 존재하지 않음을 증명하는 근거였기 때문이었다.

감정과 기억

————

당신이 좋아하던 시 한 편을 통째로 외우던 날을 기억한다.

나는 시를 구절과 구절로, 문장과 문장으로, 낱말과 낱말로, 글자로, 다시 자음과 모음으로 낱낱이 분해한 뒤에 거기다 나와 당신을 정성껏 발라 입혔다. 그리고 재조립하기를 몇 번, 몇십 번……. 그러다 모든 글자와 자음과 모음과 문장들에 의미를 입히는 행위의 부질없음을 알게 되었다. 그 뒤로 나는 시집을 펼치지 않게 되었다. 아마 당신은 몇 권인가 시집을 더 읽었을 거였다. 이별에 얼마간 연민을 느끼는 것으로, 감정을 정리하려 했는지도 모를 일이다.

당신은 내가 사랑하는 그 나지막한 목소리로, 감정은 기억이 있기 때문에 존재하는 거래요, 했다. 부연 설명을 덧붙이자면, 사랑이든 슬픔이든 연민이든 가엾음이든 감정은 찰나의 순간 번쩍이고 사라지는 것으로, 그걸 느낀 순간의 기억만 남아 잔상처럼 자꾸만 감정을 되새기게 된다는 거였다. 그렇다면 내가 당신을 사랑한다고 느끼는 이유는, 처음 사랑을 느낀 순간의 기억 때문이란 말인가. 그것은 사랑을 하는 사람으로서 결코 용납할 수도, 인정해서도 안 될 일이라고, 나는 생각했다. 사랑만은, 그래, 사랑만은 그래서는 안 되는 거였다.

당신의 얼굴을 본다. 진한 눈, 코, 입술, 정갈한 정수리를 본다. 보통의 감정이 찰나의 순간 번뜩이고 사라지는 거라면, 나는 어떤 감정들은 찰나의 순간이 무한히 반복되어 연속성을 가지다가 끝내 지속성을 띠게 되기도 한단 사실을 알게 되었다. 그것은 사랑이었다. 혹 기억을 잃어버리게 되어

도, 어디선가 당신을 마주치면 다시 사랑이고 말 거라는 확
신이 내겐 있었다. 내게 있어 사랑이란 지속성을 수반하기
때문에, 기억에 의해 발생하는 '순간의 번쩍임'이라 치부할
수 없는 것이다.

　나는 당신이 말한 '감정과 기억의 상관관계'가 연기를 할
때 필요한 사고방식이란 사실을 알았다. 당신은 연기를 하는
사람이고, 나는 글을 쓰는 사람이니까. 둘은 연장선상에 있
으니까, 결국 이해할 수밖에 없는 것이다. 예컨대, 막연히 형
체가 없는 사랑이란 감정을 연기하는 것보다, 사랑을 느낀
순간의 나의 상태를 기억하는 것이 연기를 하는 데 훨씬 도
움이 될 거였다. 상대를 보던 시선, 목소리의 톤, 손가락의 각
도, 살갗의 예민함, 심장박동 같은 것들. 당신이 사랑에 빠진
연기를 할 때 나의 어떤 부분을 회상해줄까. 나는 생각한다.

　당신이 가끔 나를 떠올리는 이유를 곱씹는다. 아마 내가 '글
을 쓰는 사람이라서' 나눌 수 있는 대화들 때문일 거였다. 그
건 사랑과는 거리가 멀었다. 비가 온다. 쓸쓸한 기분이 된다.

우리는
영원을 말하지만

———————

영원을 믿는 사람은 구태여 영원을 말하지 않는다. 오직 영원이란 존재하지 않는다고 믿는 사람만이 (혹은 의구심을 품은 사람만이) 영원을 말한다. "당신을 사랑할게, 영원히." 라는 말은 영원에 대한 믿음보다 그러고 싶은 바람을 훨씬 더 많이 함의한다. 그럴 수 없음을 알면서도, 막연히 그럴 수 있을 것도 같은 마음이 드는 것. 영원의 가치란 그곳에서부터 파생된다.

다시 말하자면 영원한 사랑을 말하는 일은, 이성으로 이해하는 개념을 뛰어넘는 일종의 초월성을 갖는다. 사랑의 본질에는 초월성이 있다. '어떠한 한계나 표준을 뛰어넘음.' 혹은 '경험이나 인식의 범위를 벗어나 그 바깥 또는 그 위에 위치하는 일.' 내게 있어 사랑이란, 나를 무한히 확장시키는 어떤 것이다. 무한한 가능성을 내포한, 내밀하고 단단한 세계. 사랑에 빠지면 기존에 내가 알고 있던 세계에 의구심을 품게 된다. 이게 맞나? 예전에도 이랬나? 이렇게 빨리? 내가 이렇게 변한다고? 같은 사유를 끊임없이 하게 된다.《데미안》의 한 구절을 빌리자면, '새는 알에서 나오려고 투쟁한다. 알은 세계다. 태어나려는 자는 한 세계를 깨뜨려야 한다.' 나의 세계는 사랑으로 말미암아 확장된다. 조금 더 사랑할 때마다 기존의 세계를 초월해 완전히 새로운 세계를 구성한다. 나는 영원을 불신한다.

"사랑에 기한이 있다면, 만 년으로 하겠소." 주성치의 대사가 절절히 다가온 것도 그 때문이다. 만 년이란 인간의 개념으로 거의 영원에 가깝잖은가. 만 년의 사랑이란 영화라는 세계 안에서만 통용되는 개념일 것이다. 현실에서 그런 사랑은 존재할 수 없다. 다만, 기꺼이 천 년이고 만 년이고 사랑하고 싶은 마음이 드는 그 순간, 사랑은 그런 찰나의 순간이 켜켜이 쌓여 완성된다. 그것만으로 이미 충분히 가치가 있다. 나는 애인과 그런 순간들을 아주 많이 만들고 싶다. 영화라는 세계 안에서 영원이란 말이 통용될 수 있다면, 기존의 세계를 아득히 초월한 어떤 세계에서도, 얼마든지 통용될 수 있을 거였다. 애인을 많이 사랑하는 나는, 그렇게 믿고 싶다.

○

그때의 나는 너를 너무 사랑하는 바람에, 네 손가락이나 무릎이 귀퉁이에 찍힌 사진까지 남김없이 저장했었지. 그런데 이제 그것들은, 그저 구도를 잘못 잡은 엉성한 사진으로만 느껴져. 그토록 사랑했던 네가 내게 아무런 감흥을 주지 못하게 되었다는 것은 무슨 의미일까. 나는 지난 사랑으로부터 무엇을 배웠나.

○

애인을 태우고 반대편 종점으로 향한 118번 버스는 영영
종적을 감추고 말았네. 안녕, 이젠 안녕. 나는 버스의 노선이
닿지 않는 길을 많이 알고 있다. 그 길에선 이렇게, 버스의 후
미등을 향해 손 흔드는 일은 없었을 거였다. 그 길에서라면
우린, 과연 어떤 핑계로 이별했을까. 어떤 밤에는 그런 걸 곱
씹어보기도 하는 것이다.

그리운 냄새

———

날씨의 영향을 많이 받는다. 조금만 흐려져도 금세 온몸의
세포가 예민하게 반응한다. 비가 올 걸 직감으로 먼저 아는
것이다. 특히 냄새. 비 오기 전의 습한 냄새를 기가 막히게 알
아챈다. 어떻게 그럴 수 있는지, 나는 설명하지 못한다. 다만
알 뿐이다.

냄새를 맡는 버릇이 있다. 아주 어릴 때부터 그랬다. 먹을
걸 앞에 두고 있거나, 좋아하는 사람이 생기거나, 빨래를 개

어 정리하거나, 푸른 잎사귀를 볼 때면, 어김없이 냄새를 맡고 싶어진다. 그건 앎에 대한 욕구의 일종이었다. 살면서 맡은 냄새가 많았기 때문에, 자연히 기억하고 있는 냄새도 많다. 남들이 잘 알지 못하는 겨울 냄새, 봄볕의 냄새, 풀이 자랄 때 나는 냄새, 잘 말린 이불 냄새를 사랑한다. 냄새란 특유의 향수를 갖는 법이라, 내겐 그리운 추억이랄까, 곱씹게 되는 생의 장면들도 덩달아 많았다. 테이블 위에 올려놓은 레몬 마들렌의 냄새가 진하게 난다. 반죽을 할 때 껍질을 적잖이 갈아 넣은 모양이다. 나는 떠올린다. 레몬 껍질이나 당근을 좀 크게 갈아 넣어 빵에 질감을 주는 것. 그건 재이의 방식이었다.

어릴 땐 접시를 들어 코에 가져다 대는 버릇 때문에 핀잔을 자주 들어야 했다. 핀잔하는 사람들은 보통 "뭐 하는 짓이야?" 하고 물었고, 나는 대수롭지 않게 그저 "냄새를 맡는 거야." 했다. 그들은 '왜 냄새를 맡으면 안 되는지' 내게 명쾌히 설명하지 못했다. 그저 반복적으로 근거 없이 그러면 안 된다고 할 뿐이었다. 그게 전부다. 나는 왜 그러면 안 되는지 납득할 수 없었기 때문에, 냄새를 맡지 못하게 할수록 의문만

커졌다. 사회적 통념보다 납득할 수 있는 이유가 내겐 훨씬 더 중요했다. 그만둘 이유 없이 무언갈 그만두는 것에는 소질이 없다. 그들의 말에 끝내 수긍하지 못했으므로, 그 결과 나는 지금의 내가 되었다고 할 수 있겠다.

재이는 접시를 들어 마들렌의 냄새를 맡는 나를 흥미롭게 바라보다가 "좋은 냄새가 나지? 레몬 껍질을 갈아 넣은 거야." 했다. 내 기억이 정확하다면, 그날 재이는 회색 원피스에 하얀 카디건을 걸쳤고, 가게에선 쳇 베이커의 연주가 나오고 있었고, 비가 내렸다. 그날부터 지금까지 쭉, 그리고 아마 앞으로도 계속, 나는 레몬 냄새를 맡으면 재이를 떠올릴 것이다.

냄새를 맡는 것도 단련이 되는 모양인지, 맡을수록 더 잘 맡게 되었다. 더 잘 맡게 되었다는 건 단순히 냄새에 민감하게 구는 수준에서 그치는 게 아니라, 다양한 냄새를 더 세밀하게 구분할 수 있게 되었다는 것이다. 이를테면 소믈리에가 향으로 와인의 깊이를 가늠하는 것과 비슷하다. 나는 이제 막 자란 풀 냄새와 비를 맞은 풀 냄새와 짓이겨진 풀 냄새를 구분할 줄 안다. 잘라놓은 레몬 냄새와 갈아놓은 레몬 냄새와 가지에 달린 레몬 냄새도 구분할 줄 안다.

후각을 일으키는 물질은 모두 휘발성이다. 휘발하여 가스 상태가 된 물질이 비강 점막을 통해 후각 정보로 변환되고, 변환된 후각 정보는 후각 세포를 통해 측두엽 안쪽에 위치한 후각 중추에 마침내 도달하게 된다. 그런 일련의 과정을 통해서 우리는 냄새를 냄새로 인식하는 것이다. 인간의 뇌에서 후각을 담당하는 부분은 뇌 전체 용량의 0.1%밖에 되질 않는다고 한다. 여기서 재미있는 것은 후각 중추가 붙어 있는 곳이다. 후각 중추는 뇌에서 감정을 처리하는 부분에 나란히 붙어 있다. 감정이 논리정연하지 못한 것처럼, 감정과 나란한 후각 역시 시각이나 촉각, 청각에 비해 정연하게 설명하기 힘들다. 예컨대 날카롭다, 따듯하다, 간지럽다 등으로 표현할 수 있는 촉각이나, 파랗다, 푸르스름하다, 검다 등으로 표현할 수 있는 시각과는 달리, 냄새는 단어로써 정연하게 표현해낼 수 없다는 거다. 기껏해야 풀 냄새, 꽃 냄새, 물 냄새 정도가 한계다. 내가 재이의 냄새를 글자로 명확히 적어 남길 수 없는 것은 그러니까, 어쩔 수 없는 일이었다.

그럼에도 불구하고 한번 각인된 냄새는 잘 잊혀질 않는다. 그리운 냄새를 맡는 순간 과거의 이미지가 눈앞에 생생하다. 그건 후각 정보가 언어나 사고에 의해 논리정연하게 분석되지 않는다는 점에서 비롯된다. 보는 것, 듣는 것, 만지는 것은 가지런히 정리되고 익숙한 정보로써 처리되기 때문에, 오히려 찰나의 순간 스쳐 지나가는 수많은 정보의 하나로 인식된다. 그러나 후각은 언어나 사고에 의해 희석되지 않기 때문에, 감정을 담당하는 뇌의 근처에서 한 장의 이미지로 단단히 박제될 수도 있는 것이다. 흔들리는 꽃들 속에서 네 샴푸 향이 느껴진 거야. 그런 노래가 괜히 유행하는 게 아니다.

나는 지금 카페 창가 자리에 앉아 있다. 유리창을 투과한 유월의 볕이 손가락 위로 쏟아지고, 원두를 가는 그라인더의 소리가 분주하다. 카페의 문을 열고 들어오는 사람들의 옷자락에서 이른 여름의 냄새가 난다. 십 분 전쯤 들어와 내 뒷자리에 앉은 사람은, 일정한 속도로 책장을 넘기고 있다. 명확히 글자로 적어 남길 수 없지만 잊을 수 없는 냄새, 굳이 표현하자면 푸른 잎사귀를 닮은 냄새, 그리운 향수를 지닌 냄새가, 뒷자리에 앉은 사람으로부터 난다. 나는 뒤를 돌아보지 않고서도 내 뒤에 앉은 사람이 재이임을 알았다.

봄비

비가 온다. 2월 말에 쏟아지는 비는 봄을 여는 비라던 누군가의 말을 기억해낸다. 나는 이제 봄이란 계절이 슬프다. 그렇다고 해서 겨울이 슬프지 않은 건 또 아니라, 하는 수 없이 슬픔의 연쇄를 묵묵히 견뎌야 했다. 계절은 잔인하게도 나의 의지와는 상관없이 때가 되면 돌아왔다. 겨울 다음엔 봄이, 봄 다음엔 여름이, 여름 다음엔 가을이, 가을 다음엔 겨울이. 좀처럼 시기가 늦어지거나 건너뛰는 일은 일어나질 않는다. 그 무심하고 거대한 흐름이, 나를 슬픔 앞에서 그저 무력하게 한다. 비가 오면 생각나는 사람이 있다. 조금 더 정확히 말하자면, 비가 오면 나를 생각하는 사람. 그 사람이 나를 생각할 걸 알기 때문에, 나는 꼼짝없이 그 사람을 생각할 수밖에 없다.

나 부산에 왔어. 이 년 전, 다짜고짜 K에게 전화를 걸어 그런 소릴 한 건 그 애가 우리의 약속을 기억하고 있을지도 모른다는, 또 약속을 지키지 못한 일을 가슴 한편에 아픈 구석으로 남겨두고 있을지도 모른다는 일말의 미련 때문이었다. (비가 오기도 했고.) K의 SNS에 올라오는 짧지만 의미심장한(적어도 나는 그렇게 느꼈다.) 글들을 매일 곱씹으면서 그때의 나는 일종의 광기에 사로잡혔다. 그러니까 늦은 열한시, 참지 못하고 통화 버튼을 누른 건 그 광기의 연장선이었다. 나는 친구들하고 술 마시고 있어. K의 목소리는 동요 없이 차분했다. 통화가 이어지는 내내 꼭 어제 통화한 사람처럼 굴었다. 그 목소리엔 미안함도 연민도 반가움도 없었다. 놀랄 정도로 담담하게, 그저 묵묵히 대꾸하기만 했다. 어떤 친구? 혜진이랑 희준이. 술 마시는데 통화해도 돼? 응, 잠깐은 괜찮아. 애들 담배 피우러 나갔어. 뭐 먹어? 닭도리탕이랑

막걸리. 그런 밋밋한 대화가 곧 끊어질 것처럼 겨우 이어졌다. 나는 계속 묻고, K는 계속 대답하는 식이었다. 내가 묻지 않으면 아무것도 대답하질 않을 거였다. 일방으로 통하는 관계란 이토록 허무한 것이다. 그 뒤로, 나는 그럭저럭 잘 지내, 일은 그만뒀어, 같은 대답이 몇 번 이어졌고, 언제 한번 볼 수 있을까, 하는 질문엔 긴 침묵만이 따라붙었다. 글쎄. K가 만 년설 같은 침묵을 뚫고 말했다. 두터운 눈의 벽이 쩍 하고 갈라진다. 그 안에 웅크리고 앉은 어두운 속살을 떠올린다. 그 갑갑하고 숨통을 조이는…… 나를 자주 죽이던 살갗들. 그 애가 죽으라면 기꺼운 마음으로 몇 번씩 죽을 수도 있었다. 밥은 먹었니. K가 물음표 없이 물었다. 물음표를 붙이지 않는 건 그 애의 버릇이었다. 물음표가 질문의 무게를 가벼워 보이게 만든다고 믿기라도 하는 모양이었다. K의 높낮이 없는 얼굴을 기억한다. 내게 사랑을 말할 때 보인 표정 같은 거. 밥 먹었냐고 묻기엔 너무 늦은 시간 아니야? 나는 대답 대신 되묻는다. 방 안의 습도가 높아진다. K는 그렇구나, 했다. 어떤 말을 해야 할까. 뭔가를 물을까. 언제나처럼? 나는 자꾸만 분절되는 대화를 통해 우리가 영영 다시 이어질 수 없음만 재차 실감했다.

빗줄기가 굵어지기 시작한다. 분량 조절을 잘못한 것처럼, 오늘 밤 안에 끝내야 할 무언가가 아직 남은 것처럼 필사적이다. 그건 좀 처절하다고 느낀다. K의 이름이, 제대로 굴러가는 체하던 나를 손쉽게 무너뜨렸다. 그 애와 헤어진 뒤로 나는 쉽게 무너지는 구석을 하나 갖게 되었다. 다른 어떤 걸로도 대체할 수 없는 조각 하나를 영영 잃어버렸다고 여긴다. 언젠가 K에게 같이 비를 맞으면 좋겠단 소리를 한 적이 있다. 그 애도 비 맞는 걸 좋아했기 때문에, 영 뜬금없는 소리는 아니었다. K는, 그럼 아마 당신을 더 사랑하게 될 거야, 같은 소릴 무책임하게 했고, 나는 다만 고개만 끄덕였다. 어쩌면 그 약속이 족쇄처럼 자꾸만 K를 내게로 흘려보내는 건지도 몰랐다. 지키지 못할 약속 같은 건 하지 않는 편이 좋겠다고 생각한다. K의 무책임한 약속들은 과연 뭘 위한 것이었을까.

안부

―――――――

누군가 뜬금없이 연락해서 요즘 잘 지내? 하고 물으면, 나는 거의 반사적으로, 여전히 못 지내지, 한다. 생각이나 검증의 단계를 거치지 않고 그야말로 재채기처럼 튀어나오는 대답이었다. 그 대답의 기저에는 뭐라고 설명하면 좋을까. '잘 지내면 안 될 것 같은' 어떤 위기감 같은 게 전제로 깔려 있다. 그것으로 미루어 짐작했을 때 나는 내가 잘 지내는 것에 어떤 위기감을 느끼는 게 틀림없다. 웃음과 재채기와 사랑은 참을 수 없다던가. 나 같은 경우엔 거기에다가 잘 못 지낸다는 말을 주석으로 달아야 했다. 나도 모르게 내가 불행함을 이실직고하려는 태도는 차라리 전시에 가깝다. 나는 나의 불행을 잘 털고 말려 광장에 널어두는 습관이 있다. 대낮부터 동이 틀 때까지. 아침이 되면 하루치의 동정과 사랑, 연민을 조심스레 걷어 안고 잠드는 것이다. 그것이 내가 생을 버티는 방법이었다.

나현은 나와 비슷한 종류의 인간이었다. 그 애는 내게 본인의 연한 살갗을 보여주는 일에 거리낌이 없었다. 우린 자주 서로의 손끝으로 서로의 연한 살갗을 더듬었다. 가끔은 입술을 갖다 대고 숨을 불어 넣기도 하면서, 둘만의 유대감을 쌓았다. 나는 그 애를 연민하면서도, 한편으론 영영 굳은살이 박이지 않았으면, 언제든 찌르고 들어갈 부분으로 남아 있어주었으면 하고 바랐다. 그건 그 애도 마찬가지였을 거였다. 그 애는 나를 닮았으니까 틀림없이. 불행은, 잘 못 지내는 일은, 우리가 여전히 우리로 남아 있어도 된다는 일종의 허락 같았다. 우린 각자의 불행을 통해서만 서로를 기억한다. 생의 밑바닥, 가장 불행할 때 떠올릴 수 있는 사람이라니. 그 것만으로도 내 삶은 얼마간의 가치를 부여받은 셈이다. 그러니까 화요일 밤 두 시가 넘은 시간에 그 애로부터 전화가 오면, 나는 속절없이 그것을 받을 수밖에 없다.

나현은 내 목소리를 듣자마자 무언갈 확인하려는 듯이, 목소리를 가다듬고서, 오랜만이야, 잘 지냈어? 하고 묻는다. 그럼 나는, 그 말 속에 담긴 신호를 알아채고서, 여전히 못 지냈지, 말한다. 그럼 우린 그제야 서로의 존재를 날개로 더듬어 확인한 눈먼 새처럼, 부리를 열고 날갯죽지 안쪽의 살을 보여주는 것이다. 나 같이 살던 애랑 헤어졌어. 나현이 말한다. 기분은 좀 괜찮아? 괜찮을 리 없는 사람에게 괜찮냐고 묻는 것만큼 초라한 일이 또 없다. 그건 달리 건넬 말이 도저히 없다는 뜻이니까. 해줄 수 있는 게 고작 괜찮지 않단 걸 애써 상기시키는 것뿐이라니. 초라했다. 그럼에도 불구하고 나현은, 괜찮아, 한두 번도 아닌데 뭘, 했다. 그건 과거로부터 이어진 그 애의 지난한 불행이 앞으로도 지속성을 가지고 뻗어 나갈 거라는 사실을 암시했다. 나는 그 암시로부터 쓸쓸함과 안도를 동시에 느낀다.

나현과는 어릴 때 알았다. 지금보다 더 영글지 못했을 때.

예컨대 자꾸만 삐져나오려는 불행한 기운을 잘 갈무리하지 못할 무렵이었다. 그 시절엔 주변이 온통 늪이었다. 수렁에 발을 담근 사람들만 지천에 널려 있었다. 비슷한 것들끼리는 잘 뭉치는 성질을 가졌으니까. 불행은 특히 그 인력이 세다. 나는 그 애가, 둘 중에 누가 더 불행한지 같은 사소한 일에 신경 쓰지 않아서 좋았다. 진짜 불행은, 그런 것이다. 누구의 불행이 더 깊은지를 두고 겨루지 않는다. 애초에 공평, 불공평을 논할 처지가 되질 못하니 당연한 일이다. 그런 얼굴을 마주하고 있으면, 당신의 눈동자는 늪 같다, 그런 문장을 적을 수밖에 없는 것이다.

반대로 내가 안부를 물을 때마다, 응, 잘 지내, 하고 대답하는 애도 있다. 양이다. 그 애는 실제로 잘 지내든 그렇지 못하든 간에 늘, 응, 잘 지내, 했다. 들리는 소문에 의하면 한참 힘들게 분명한데도 그랬다. 그런 연유로 우리가 서로의 안부를 물으면, 한쪽은 늘 잘 지내고, 한쪽은 늘 못 지내는 형국이 되었다. 언젠가 그런 태도를 두고 오래 대화를 나눈 적도 있었다. 신대방의 작은 바에서였다. 플래터 위로 살라미와 치즈가 정갈하다. 그 애가 먼저 왜 맨날 못 지내냐고 물었던가, 내가 먼저 왜 맨날 잘 지내냐고 물었던가. 명확히 기억나지는 않는다. 그러나 여기서 중요한 건 누가 먼저 물었느냐가 아니다. 오직 서로에게 의구심을 품고 있었다는 것만이 중요했다. 양은 나의 물음에, 그렇게 대답하면 꼭 잘 지낼 수 있을 것 같은 기분이 돼, 했다. 그 말은 곧, 양이 잘 지내지 못한다는 사실을 뜻했다. 나는 양의 말에 조금 이상한 기분이 되었다. 별안간에 그 애가 잘 지냈으면 좋겠단 생각이 들었다. 양이 불행하지 않길 바라는 마음. 생경했다. 나는 결국 나현과 양에게 무엇을 바랐던 걸까. 알 수 없는 일이다.

○

죽음이 삶을 가치 있는 것으로 만들 수 있다면, 이별도 얼
마든지 사랑을 가치 있는 것으로 만들 수 있지 않을까? 다시
그렇다면, 사랑의 관점에서 보았을 때, 사랑을 가치 있게 만
든다는 지점에서 이별은 이미 스스로의 존재 가치를 입증한
셈이 된다.

○

　적잖이 시간이 쌓이면 우리 둘만 아는 가벼운 농담들이 많
이 생기겠지. 다정한 눈빛과 우리만의 생의 패턴과 암묵적인
약속과 공유하는 장소들도 많이 생기겠지. 그때쯤엔 우리 반
드시 사랑일 텐데, 나는 자꾸만 미래에 마음을 빚져 미리 당
겨다 쓰고 싶어진다.

아버지

――――――

  아버지가 없다. 내가 아주 어릴 때 태어난 것처럼, 아버지 없이 자란 것도 이제는 그냥 그럴 수밖에 없는 당연한 일같이 느껴진다. 기억을 더듬어 내려가다보면 아버지의 기억이 아주 없는 것은 아니다. 잘 더듬어 찾다보면 기억의 편린 어느 구석엔, 아버지와 한 프레임 안에 앉아 있는 기억도 있긴 있었다. 먼 사촌의 장례식에서 십 년 만에 만난 아버지, 아무것도 먹질 못해 이 주 만에 바짝 말라버린 아버지, 온몸에 튜브를 꽂고 천장만 보고 누운 아버지, 침대 아래에 들어간 장난감을 꺼내주기 위해 매트리스를 뒤집던 아버지, 누군가에게 보낼 편지를 이면지에 적던 아버지, 본인은 타자를 칠 줄 모른다면서 내게 그 편지를 건네던 아버지, 거기 적힌 본인의 인생만큼 두서없던 글자들……. 그 모든 게 이제는 지나치게 과거가 되는 바람에 분명한 형태를 잃어버렸다.

한 사람의 생이 겨우 몇 개의 이미지로 압축될 수 있단 게 믿기질 않지만, 시간의 속절없음 앞에선 모든 게 보잘것없어지니까. 그런 맥락에서 불분명한 기억의 형태 역시 납득하기로 한다. 중학생쯤 되었을 때부터 나와 동생은 부모 없이 자랐다. 울타리나 따듯한 보살핌 없이. 그러니까, 그때 나는 아버지가 된 것이다. 오늘 같은 날엔, 내가 동생이었으면 어땠을까. 그런 생각도 한다. 살수록 어리광부리고 싶은 날이 많다. 자꾸 의지하고 기대고 싶은 건, 나를 지탱하는 축이 좀 기울었단 뜻일 거였다. 어쩌면 천천히 쓰러지고 있는 걸지도 몰랐다. 바닥이 가깝다. 내게 형이 있었다면, 어쩌면 더 잘 살 수도 있지 않았을까? 영영 알 수 없는 일이다. 다시는 일어나선 안 될 일이고.

동생에게 나는 어떤 형으로 기억되고 있을까. 우리가 버텨온 지난한 생의 시절이 그 애에겐 어떤 상처와 기억으로 남았을까. 나는 생각한다. 빚쟁이들이 단칸방의 문을 부술 듯이 두드리면, 우린 숨을 죽이고서 몇 시간이고 웅크려 있었다. 아무도 없는 것처럼. 가끔은 정말로 이 단칸방 안에 살아 있는 사람은 아무도 없다고 느끼기도 했다. 그건 동생도 마찬가지였을 것이다. 내가 노크나 전화벨 소리에 예민하게 구는 까닭이 여기에 있다. 누군가 문을 두드리면, 나는 죽은 사람이 된다. 자꾸만 사라지고 싶다. 그런 생각을 그만둘 수가 없는 것이다. 자꾸만 숨을 죽이고, 홀연히 사라지고 싶은 나의 성질은, 부모로부터 물려받은 유일한 유산. 그러니 값지다면 값진 거였다.

경험해본 적 없는 것을 상상하는 일은 고달프다. 비교할 것이 없기 때문에, 가끔은 초라하고, 많이 쓸쓸했다. 책을 읽거나 영화를 볼 때도 가족에 관한 이야기가 나오면 괜히 더 슬펐다. 내가 갖지 못한 것에 대한 동경이 질투처럼 섞여 감정을 오염시켰다. 그래서 어지간하면 보질 않는다. 가족에 관한 이야기에 슬퍼하면, 내가 버텨온 생이 너무 불쌍해서 스스로에게 못할 짓을 하는 것 같다. 어린 날의 나를 만나면 한번 안아줄 텐데, 그럴 방도가 없다.

아버지의 새 보금자리는 통일로 추모공원 2층에 있다. 보증금 사백에, 오 년에 삼십만 원밖에 하질 않는 사글세를 지불하고서 모신 거였다. 풍수지리상 자리가 꽤 좋은지 갈 때마다 문상객이 많았다. 나는 아버지의 제사를 챙기지 않는다. 애초에 죽은 사람이 좋아하지도 않던 음식을 잔뜩 차려 놓고 명복을 빈다는 게 납득이 가지 않을뿐더러, 죽은 사람에겐 죽은 사람의 세계가 따로 주어진다고 믿고 싶기 때문이다. 죽어서도 산 사람과 계속 엮여야 한다니 그거야말로 쓸쓸한 일이다. 동생은 나보다 고지식한 인간이라, 아무리 미워도 자식 된 도리는 다 해야 하지 않겠냐며 매년 제사를 챙기려 든다. 도리라. 나는 제사상 앞에서만 고개를 드는 도리에 관해 생각한다. 도리를 생각하면 덩달아 염치에 관해서도 생각하게 되고, 그럼 어김없이 생을 좀 정갈하게 살다 가고 싶다는 결론에 도달한다.

오늘은 누군가와 장난을 치다가, 아버지! 하고 말했다. 나는 평생 아버지를 불러본 일이 거의 없었기 때문에, 아버지를 부르는 순간, 나의 아버지보다 먼저 박준 시인의 시 구절, '아버지가 아버지, 하고 울었다'가 먼저 떠올랐다. 나는 내게 사과하고 싶은 기분이 된다.

유통기한

───────

　퇴고할 수 없는 문장은 괴롭다. 인생은 퇴고할 수 없는 문장 같고. 그러므로 인생은 곱씹을수록 괴로울 수밖에 없는 것이다. 해를 한 문장이라고 친다면, 마침표를 찍고 넘어가는 순간 그 자체로 완결되어야 한다. 요소들이 적재적소에 배치되었는지, 하고 싶은 말을 충분히 전달했는지, 마무리할 준비가 되었는지 같은 건 고려되지 않는다. 첫 문장을 적는 순간과 마침표를 찍는 순간만이 무심하고 공평하게 돌아올 뿐이다. 그런 의미에서 연말이란 단어는 그야말로 마침표를 찍기 직전의 상태 같아서, 좀 신중하게 보내고 싶어진다. 뒤늦게 문장을 문장답게 마무리하기 위해 골몰하는 것이다.

올해 나를 관통하는 명제를 꼽아볼까. 퇴사나 코로나19, 귀향…… 올해엔 다른 해에 일어났다면 단연 손꼽혔을 사건들이 유난히 많았다. 유난했던 해라고 기억하기로 한다. 여름의 볕, 장마, 그리움, 먼 타국의 산불. 생이 이렇게 선명했던 적이 있었나 싶을 만큼 선이 굵은 사건들로 굴곡진 해였다. 그럼에도 불구하고, 그 모든 것들을 제치고, 문장의 대미를 장식할 건 말할 것도 없이 은이다. 느닷없이 떠오른 영감처럼, 그 애는 내 문장에 침범해 다른 모든 글자들의 빛을 잃게 만들었다.

나는 은이로부터 마침내 사랑을 배웠다. 그러므로 퇴사와 코로나19, 귀향…… 같은 것들을 덮어버릴 수 있는 거였다. 조금 더 자세히 말하자면, 내가 누군가를 이렇게 사랑할 수 있음을 배웠고, 사랑의 크기가 꼭 비례하지만은 않는단 사실을 배웠고, 사랑만큼 사람을 비참하게 만드는 게 또 없단 사실을 배웠다. 우리의 관계가 이 몇 문장으로 축약된단 사실이 애석할 만큼 나는 그 애를 사랑한다. 아무튼 결국엔 이별하게 되었지만.

금성무의 대사를 잠깐 빌리자면, 이별 후엔 달리는 게 최고라고 했다. 그럼 땀으로 수분이 다 빠져나오는 바람에 울지 않을 수 있다고. 나는 그 애와 이별하고 나서는 매일 두 시간씩 걷고 뛴다. 효과적으로 수분을 쥐어짜내고 있는 건지, 울지 않은 지 꽤 되었다. 또 뭐가 있더라, 유통기한에 대한 애길했었지. 우리의 유통기한은 왜 이렇게 짧아야 했을까. 어째서 그래야만 했는지 나는 알 수 없지만, 유통기한이란 건 어쨌든 선을 넘기면 돌이킬 수 없단 뜻이라, 나는 네가 멋대로 정한 기한을 넘기기 전에 남은 통조림을 꾸역꾸역 먹어치워야 했다. 혼자서. 그래서 탈이 좀 난 거다. 숨을 쉴 수가 없는 거다. 숨이 막힐 때는 바다에 간다. 저 멀리 소실되는 지점을 바라보면서 배운 적 없이 체득한 호흡법을 따라 습습후후 한다. 그럼 좀 진정이 되는 것도 같았다.

플라세보 효과의 비밀은 약이 아닐 수도 있다는 사실을 망각하는 데 있다. 나는 망각을 잘하니까, 조만간 그 애 때문에

우는 일은 없어질지도 몰랐다. 그렇다면 기억의 유통기한이
다 되기 전에, 마침표를 찍기 전에 그 애에게 배운 것들을 가
지런히 정리해놓아야 했다. 마냥 잊어버리고 살기엔 값졌다.
그런 연유로 12월엔 그 애를 복기하고, 기록하는 일에 대부
분의 시간을 할애하고 있다. 나를 사랑하지 않는 사람을 밤
새 생각하는 것은, 외로운 일이지만.

언젠가 당신은 바다 한가운데를 가리키면서, 저기 잠기면
외롭고 무섭겠다, 했지. 나는 당신의 눈을 똑바로 보면서, 저
기 잠길 일이 있으면 내가 같이 있어줄게, 했고. 나는 당신이
어디에 잠기든, 어떤 수렁에 빠져 헤어나지 못하든 함께 있
어줄 거였는데, 이젠 그러질 못하게 되었다. 당신을 생각하
면 애석할 것들이 너무 많아서, 자꾸만 가엾은 표정을 짓게
된다.

겨울 냄새

―――――

　날이 좋다. 단풍도 잘 들었고 바람은 선선하다. 이런 날엔 집 앞 산책로만 걸어도 기분이 좋다. 봄, 가을은 날이 극단적이지 않기 때문에 계절과 계절 사이 쉬어가는 구간이라는 느낌이 좀 있다. 창문을 열어놓으면 따뜻한 볕과 서늘한 바람이 동시에 쏟아진다. 에어컨을 틀어놓고 이불을 덮는 것처럼 기분 좋은 감각이 봄, 가을엔 있다. 겨울을 나기 전에 따사로운 온도의 공기를 비축하는 거지, 마음에다가. 그런 생각을 하면 나는 조금 여유로워진다. 절기상 입동에 접어들었다.

내일부터 삼 일 연달아 비가 올 테고, 그러면 본격적으로 겨울 날씨가 될 거였다. 하여튼 절기는 과학이다. 앞뒤가 아주 기가 막히게 들어맞는다.

봄에는 봄을 좋아하는 이유가, 여름에는 여름을 좋아하는 이유가, 가을에는 가을을 좋아하는 이유가 있듯이 겨울에도 겨울을 좋아하는 이유가 있다. 가장 먼저 생각나는 건 연말연시의 분위기. 우리가 사는 세계의 일 년은 겨울로 시작해서 겨울에 끝이 난다. 역사의 시작과 끝을 함께한다. 그리고 세계적으로 가장 큰 축제 중 하나인 크리스마스. 따지고 보면 가장 소란스러운 일들은 겨울에 일어난다. 그리고 눈, 그리고 피부에 닿는 겨울 공기, 그리고……

겨울의 냄새를 좋아한다. 청량하고 맑다. 다른 계절에선 좀처럼 느낄 수 없는 상쾌함이 겨울에는 있다. 특히 좋아하는 건 따뜻한 실내에 앉아서 잠깐잠깐 문이 열릴 때마다 쏟아져 들어오는 겨울의 냄새를 맡는 일. 걔들은 문이 열릴 때마다 홍수처럼 쏟아진다. 겨울이나 추위, 눈은 좀 폭력적인 구석이 있지. 나는 생각한다. 일행이 없을 땐 보통 문가에 앉는다. 다른 계절이라면 드나드는 사람이 번거로워서 하지 않을 짓이다. 겨울의 냄새를 느낄 수 있다면, 드나드는 사람은 사소한 문제가 된다. 그 정도로 겨울의 냄새를 좋아해. 나는 글을 쓰다 말고 창문을 활짝 연다. 누구보다 일찍 겨울이 왔음을 알아채고 싶어서다.

따뜻한 계절엔 분자의 이동 속도가 빨라진다. 아주 기초적인 과학이다. 자유분방하게 돌아다니던 물 분자를 모아 냉장고에 얼리면 얼음이란 형태로 단단히 자리 잡는 것처럼, 분자들도 추운 계절엔 움직임이 둔해진다. 창밖의 냄새를 맡는다. 아직은 냄새 분자가 활발히 움직이고 있다. 그러니까, 아직 바깥은 가을이었다.

겨울 냄새의 비밀은 냄새 분자에 있다고 했다. 똑같은 공기를 마시는데도 유난히 깨끗하고 청량하게 느끼는 이유는 냄새 분자가 거의 움직이질 않기 때문이라고. 냉동식품엔 냄새가 거의 나질 않지만 전자레인지에 돌리면 갑자기 맛있는 냄새를 풍기는 것과 같은 원리다. 덕분에 겨울 공기는 텅 빈 냄새를 풍긴다. 아니, 냄새라고 뭉뚱그려 표현하는 건 조금 틀렸다. 냄새라기보단 감각에 더 가깝다. 코 점막에 달라붙는 서늘한 촉감과 공기의 공허한 냄새를 우리는 '텅 빈 냄새'로 인지하는 것이다. 그야말로 겨울에 어울리는 단어로군. 쓸쓸한 말이다.

그래도 역시 겨울 감각보단 겨울 냄새라고 부르는 편이 더 낭만적이지. 나는 어쩔 수 없는 문과형 인간이라 과학적으로 증명된 사실보다 낭만적인 문장 하나에 목을 맬 때가 더 많다. 예컨대 인간에게 자유의지는 없다는 과학적 증명은 외면하고 싶다. 사랑이 단순한 호르몬의 장난이라는 과학적 증명이 쏟아져 나와도, 나는 그것을 '그 애를 향한 사랑만은 무언가 달랐다.'라고 받아 적을 거였다. 사랑은, 사랑만은 끝내 증명되지 않는 미지의 어떤 것으로 남아 있기를 나는 바란다.

며칠간은 비 냄새가 잔뜩 날 테고, 운이 좋다면 그 사이로 겨울 냄새를 맡을 수도 있을 것이다. 나는 불현듯 누군가를 사랑하게 되기를 소망한다. 그 사랑은 겨울 냄새처럼, 때가 되면 다음 악장이 시작되는 것처럼, 자연스럽게 찾아올 거라 믿는다. 순리란 그런 것이다.

나를
살고 싶게 하던
소리

좋아하는 소리는 보존하고 싶다. 언제고 꺼내서 들을 수 있도록 연도와 요일, 날씨 같은 걸 기록해서 명료하게 정리해두고 싶다. 좋아하는 음원과 가슴을 아리게 하는 대사, 신지아의 바이올린 선율과 먼 곳에서 어렴풋이 들리는 기차의 경적소리, 좋아하는 사람의 목소리나 심장소리 같은 거. 지금보다 미련이 많을 땐 녹음기를 달고 살았다. 흘러가는 생의 순간들을 그대로 흘려보낼 용기가 없어서 모조리 적어 남기던 때였다. 시도 때도 없이 녹음 버튼을 누르고, 다 듣지도

못할 소리들을 대책 없이 모았다. 파일 이름을 적지 못하고 지나가는 바람에 저 혼자 동네 이름이 붙어, '성미산로 19' 같은 이름으로 저장되는 파일도 종종 있었다.

그런 파일들은 생선 가시 같다. 예상치 못한 순간, 예상치 못한 목소리가 튀어나와 내 몸의 연하고 부드러운 곳을 찌른다. 이를테면 잇몸이나 목구멍 같은 곳. 나는 깊숙이 찔러 오는 가시 앞에서 무방비한 상태에 자주 놓였다. 과거로부터 밀려드는 흔적엔 저항할 방도가 없으니, 무방비해지는 건 불가항력이었다. 불가항력은 단어 그대로 불가항력이었기 때문에 감히 정지 버튼을 누르거나 귀를 뗄 수도 없었다. 음, 그러니까 어젯밤에 내가 속절없이 침몰한 것에 대한 당위성을 설명하려는 것이다.

문제의 발단이 된 것은 '만안로'라고 저장된 파일이었다. 생경한 동네 이름. 어디였지? 잘 기억이 나질 않았다. 그때, 그 순간, 만안로가 어디였는지 기억해냈더라면, 나는 과연 재생 버튼을 누르지 않았을까? 혹은 고민 끝에 결국 누르고 말았을까? 지금에 와서 알 도리는 없다. 아무튼 어젯밤의 나는 만안로가 어딘지 기억해내질 못했고, 아주 조금 긴장한 채로 재생 버튼을 눌렀다. 그리고 들려오는 김의 목소리. 그 애는 내가 적은 글의 구절들을 낱낱이 살피고 있었다. 어떤 문장 앞에선 멈춰 서서 몇 번을 반복해 읽기도 했다. 봄나물을 오래 씹어 삼키는 행위처럼, 소화되는 과정을 돕기 위한 거였다. 그 문장들은 그날 밤 김의 마음속에서 잠자코 타올랐을 것이다. 잘게 분해된 문장의 성분들은 몸의 구석구석으로 흘러들어 손톱과 머리칼을 자라게 하고, 상처를 덮고, 새살을 내고, 좀 더 부드럽게 웃을 수 있는 표정을 갖게 했을 것이다. 나는 그 일련의 과정을 곁에서 모두 지켜보았다. 그 애가 내 문장을 소화시키는 과정들. 문장이 어떻게 사람을 소생시키는지, 또 자라게 하는지를 알게 되었다. 음량을 키운다. 잘 들어보니 종이 위를 스치는 손끝의 소리가, 스스스, 하고 들렸다. 그래, 이건 김의 버릇이었지. 글자의 흐름을 놓치지 않기 위한 거랬다. 위, 아래로 놓인 몇 개의 파일을 연달아 듣는다. '안정제', '기울기', '녹는점', '잔잔한 집중' 같은 제목을 단 파일들. 생각해보니 이거 다 내가 적은 글의 제목이었다. 그 애가 내 글을 자주 읽어주었단 사실을 너무 오래 잊고 살았다.

그때의 나는 김이 내 글을 읽어주는 걸 좋아했다. 내가 글을 적을 때의 호흡과, 김의 호흡이 거의 맞았다. 같은 속도로 흐르는 글자들을 듣고 있노라면 나는, 간밤에 적은 글이 마침내 생명을 얻게 되었음을 깨닫는다. 보다 입체적으로 살아 숨 쉬는 글을 목도하게 되었으므로, 나는 마침내 더 잘 쓸 수 있게 되었다. 김이 내 글을 먹고 자랐다면, 나는 김의 목소리를 먹고 자란 셈이었다. 함께할 때의 우리는 무럭무럭 자랐다. 서로의 살갗을 물면서, 곧은 모양으로 뻗었다.

당신과 헤어졌을 때 내 성장판도 함께 닫혔다고 고백한다면, 당신은 어떤 표정을 지을까?

마지막으로 재생한 파일엔 김의 심장소리가 녹음되어 있었다. 이러면 언제고 함께 있는 기분을 느낄 수 있겠지. 동그란 눈으로 가만히 쳐다보던 표정을 기억한다. 스웨터 안쪽으로 핸드폰을 집어넣고, 그저 가만히 숨 쉴 뿐인 그 애를, 나는 사랑했다. 말려 올라간 스웨터의 허리춤이 애처롭다. 두근두근. 몇 번이고 그 소릴 반복해서 듣는다. 가끔 옷이 스치는 소리가 들리기도 했다. 그 너머의 난 뭘 하고 있었지. 아마 눈을 맞추고 있었을 거였다. 눈을 감고 박동을 따라 과거로 침전한다. 계속 그러고 있으면 같은 속도로 심장이 뛸 것 같은 착각이, 잠결에 어렴풋이 들기도 했다. 나를 사랑할 때 당신의 심장은 이런 속도로 뛰었구나. 나는 길고 단꿈을 꾼다.

간밤에 머리칼이 좀 자랐다.

한여름 밤의 꿈

———

　몇 년 전 여름, 나는 양재천 수영장의 뜨거운 볕과 아이들의 소음 속에서 지냈다. 수영장엔 커다란 스피커가 있었는데, 가장 많이 나오던 노래가 자이언티의 〈양화대교〉였다. 얼마나 자주 나왔냐면, 그 노래가 나올 때마다 수영장에서 일하는 애들이 서로 눈을 맞출 정도였다. 일종의 농담으로 여겼던 것 같다. 그런 짓을 매일 했다. 그때의 나는 회사를 그만두고 좀 방황하고 있었다. 그러던 와중에 우연한 기회로 야외 수영장 매점을 인수하게 되었는데, 한철 장사인 만큼 프

리미엄을 높게 붙여 폭리를 취했다. 시원한 수영장 앞에 돗자리를 깔고 먹는 밥은 평소보다 달게 들어가는 법이라, 사람들은 약간의 의아함을 표하면서도 별말 없이 납득했다. 당연하게 여기는 사람이 칠 할이었다.

아침에 일어나 매점 정리를 끝내면, 수영장 청소는 절반쯤 마무리되어 있었다. 스태프 옷을 입은 애들이 물 위에 떠다니는 불순물을 뜰채로 건져낸 뒤에, 물속에 들어가 커다란 청소기를 돌렸다. 각종 약물에 절여진 미지근한 수영장은 그런 식으로 유지되었다. 전날 뿌려놓은 응고제 덕분에 더러운 것들이 아래로 가라앉는 방식이라고, 어깨너머로 들은 기억이 있다. 그것 참 편리하군. 그렇게 혼잣말했던 것도 같다. 아이들이 약품에 젖은 몸으로 오픈 준비를 하는 동안, 나는 폭리를 취해 생긴 돈으로 그 애들이 먹을 간식을 준비했다. 우리들 중 출퇴근하는 사람은 한 명도 없었으니까, 아무도 아침을 먹지 못했을 것이 자명했다. 애들은 강원도의 모 대학체육학과에 재학 중이라고 했다. 학교와 수영장이 연계를 맺어 라이프가드 자격이 있는 애들과 수영장을 연결해주는 거였다. 라이프가드 경험이 인정되어 취업을 준비할 때 어느 정도 가산점이 붙는 모양이었다.

근무 환경은 더할 나위 없이 열악했다. 컨테이너로 대충 지은 숙소가 세 개. 샤워장은 걸어서 족히 십오 분은 떨어진 양재 시민의 숲 테니스장에 있는 걸 사용해야 했다. 손님들을 위해 설치된 간이 샤워기는 야외에서 물을 쏟아내는 것이 전부였다. 좀 더 제대로 만들었어도 괜찮지 않았나? 영 마음이 쓰였다. 덕분에 나는 수영장이 운영되는 두 달여의 기간 동안, 그 애들이 그만두지 못하게 붙드는 역할을 자처하게 되었다. 조금만 더 참자. 얼마 안 남았잖아. 중간에 그만두면 학교에서 불이익을 준다며. 그런 말을 달고 살았다. 어린 애들에게 쏟는 정을 주체하지 못하는 기질 탓이었다. 나는 가엾고 안쓰러운 애들을 보면 그냥 지나치질 못한다. 덕분에 매점에서 번 돈의 대부분은 그대로 애들에게 나갔다. 문을 닫으면, 강남에 나가 술을 마시기도 하고, 치킨이나 피자 같은 걸 잔뜩 사다가 수영장에 발을 담그고 먹기도 했다. 불 꺼진 조용한 수영장의 운치란 말로 다 전할 수 없을 정도여서, 거기서 만난 몇몇은 눈이 맞기도 했다. 어쩌면 그게 내 이십 대 마지막 낭만이었다.

나는 그때 네 살 차이가 나는 J를 좋아하고 있었다. 하얀 피부를 가진 조그만 애. 노래를 곧잘 부르는 애. 부끄러울 때 이불을 이마까지 끌어올리던 애. 나는 J를 그렇게 기억하기로 한다. 그 애도 내가 싫지 않은 눈치라, 내내 붙어 다녔다. 어느 날 그 애는 "내가 왼손잡이라, 손을 잡고 양치할 수 있어서 좋지?" 물었다. 잊고 있던 기억 하나가 글을 쓰는 와중에 엮여 나온다. 나는 아마 고개를 끄덕였을 거고, 좋아하는 영화에 관한 이야기를 했나? 아마 그랬을 거다. 과거와 미래가 연상되는 대화는 피하려고 애썼으니까. 이를테면, 현실적인 대화들. 그건 우리가 이 여름을 달게 자는 꿈으로 치부하고 있단 걸 어느 정도 인지하고 있다는 뜻이기도 했다. 팔을 붙들고 걸으면서도 내심 알긴 알았다. 수영장이 문을 닫으면 끝날 관계였다. 어째서 그렇게 생각했는지, 우린 설명할 수 없다. 그냥 본능으로 알 뿐이었다. J에 관한 기억이 조금 더 수면 위로 떠오른다. 수영장을 정리하던 날 지어 보인 그 애의 표정, 그 애가 건넨 머리끈, 마지막으로 잡은 손의 온기, 축축한 수영장의 물 냄새, 매미 소리, 그날 불던 바람의 방향과 볕의 세기⋯⋯.

······여름이었다.

농담이고, 나는 그 애가 건넨 머리끈을 한동안 팔찌처럼 지니고 다녔다. 기억하건대, 아마 끊어지기 전까지 차고 있었던 것 같다. 그게 내가 그 애를 만났다는 유일한 증거였다. 우리는 그 후로 한 번도 만나지 않았다. 메시지를 보내거나 목소리를 들은 기억도 없다. 아마 앞으로도 영영 없을 거였다. 왜냐하면 우리는 현실로 돌아왔고, 그 여름의 기억은 '한여름 밤의 꿈'처럼 달콤한 것이었으니까. 그것은 현실로 돌아온 우리가, 행복한 꿈을 현실의 저편에, 훼손되지 않게 온전히 남겨둘 수 있는 유일한 방법이었다.

○

　번개가 치고 천둥이 따라붙는다. 가지고 태어난 성질이 그렇기 때문에 예외는 없다. 말하자면 나는 천둥 같았다. 어디서든 빛나는 네 뒤를 큰 소리 내면서 따라다녔다. 좀처럼 좁혀지질 않는 사이가 애석했지만, 이젠 안다, 어쩔 수 없는 일이라는 걸.

　순간의 반짝임으로 태어난 우리가 얼마나 멀리 뻗어나갈 수 있는지, 너는 그런 게 궁금하다고 했지. 더 멀리, 끝에 도달하고 싶다고, 언젠가 그런 소릴 했지. 나는 겨우 네 흔적을 더듬어 따라가면서, 네 이름을 불렀다. 먼 전생에 우리가 스쳐간 찰나의 순간을, 나는 아직 기억한다.

○

그 애가 남겨둔 편지의 말미에는 분명, '당신을 동경해요'
라고 적혀 있었던 것 같은데, 지금에 와서는 그 글자가 동경
이었는지, 동정이었는지 확신할 수가 없다. 어느 쪽이었든
간에, 아무튼 그것은 사랑이 아니었을 거다. 사랑이 아니었
으므로 그렇게 주석도 달지 않고 훌쩍 내 생에서 영영 달아
날 수 있었던 거겠지. 그럼에도 불구하고 나는 아직도 그 애
를 생각한다. 특히 '그럼에도 불구하고' 같은 글자를 적을 때.
그 애가 좋아하던 시 구절을 우연히 마주칠 때. 그 애를 함의
하는 글자들이 도처에 널려 있다. 이건 많아도 너무 많았다.
좀 지나친 감이 있지 않나? 나는 생각한다. 깊이와 시간이 정
비례하지 않는 법이란 사실을 나는 그 시절로부터 배웠다.

○

  이 사람에겐 도저히 안 되겠다 싶은 문장들이 있다. 몇 번의 계절을 묵묵히 인내하고 자란 거목 같은 문장들. 어젯밤엔 그런 사유의 숲 틈바구니에서 그저 부유하기만 했다. 직업적 무력감. 쓸 수 있는 게 없었다. 고여 있는 걸 다 퍼내고 나면 다시 고일 때까지 기다리는 것만이 능사라고 했는데,

  중간에 잘라낸 문장의 나이테가 보이질 않는다. 여러 해 살지 못하는 문장들만 가지고 겨우 생을 연명하는 것 같다.

부고

지난주 금요일, Y가 죽었다. 부고 소식이 적힌 문자메시지에는 낯선 이름 몇 개가 나란히 적혀 있었다.

'[부고] 최XX 님께서 별세 / [참고] 본명 : 최XX / 가명 : XX, XX, Y 등'

나는 지난 몇 년간 그 애와 왕래하면서도 본명을 들은 일이 없기 때문에 메시지를 받고서도 한동안 최XX이 누군지,

이 부고메시지가 왜 내게 전달되었는지 생각해야만 했다. 어쩌면 내게 발송된 메시지가 아닐 수도 있다. 잠깐 그런 생각이 들기도 했다. 그만큼 내가 사는 세계와는 영 동떨어진 이름이었다. 그러다 겨우 (참고)에 적힌 가명 중 하나에 시선이 가닿았을 때 깨닫고 만 것이다. Y가 죽었다. 그 사실을 깨닫고 나서 가장 먼저 든 생각은 얄궂게도, 올 것이 왔다, 였다. 한 사람의 죽음 뒤로 저런 식의 문장이 따라붙는 것은 얼마나 쓸쓸한 일인가.

한참을 고민해야만 했다. 아마 동시다발로 발송된 부고메시지를 보고 몇몇은 나와 비슷한 생각을 했을 거였다. 적어도 내가 머릿속으로 떠올린 몇몇은 분명히. 그건 그 애가 생전에 생과 죽음 사이를 아슬아슬하게 오가고 있었다는 뜻이기도 했다. 그것도 꽤 오랫동안. 적어도 나와 알고 지낸 오 년을 포함해서 어림잡아 이 년은 더 그랬을 거였다. 그 애는 어딘가 초연하고 생에 달관한 태도를 시종일관 취했다. 사는 내내 무언가에 집착해본 적 없는 사람처럼 굴었다. 그 애가 갈구하는 거라곤 오직, 세상에 오직 사랑뿐이었다(고 나는 기억하기로 한다). 어린 시절 머리를 빡빡 밀고 경상도 어딘가 유명한 절에서 행자 생활을 오래 했기 때문일 수도 있었다. 명절마다 절에 내려가 며칠이고 묵고 오던 그 애는, 틈만 나면 나를 그 절로 부르고 싶어 했다. '큰 스님이 당신을 많이 궁금해한다'고. '당신 이야기를 듣고는 영락없이 행자 생활을 했던 사람이었을 거라고' 호언장담했던 거였다. 그럴 때마다 나는, 내가 생에 초연해지고 있는 건 사실이지만 그럼에도 여전히 버릴 수 없는 욕망 같은 것들을 남몰래 품고 있어 절에 들어가 눌러사는 것은 역시 무리라고 했다. 그럼 Y는, 당신은 어차피 문신이 많아서 출가 못 해, 섹스도 못 하게 될 테니까, 하고 못을 박았다. 나는 그런 식의 대화가 좋았다. 오로지 그 애와 나만 할 수 있는 대화. 다른 누구와도 나눌 수 없는. 말하자면, 우리 둘이서만 완성할 수 있는 유일한 말의 형태. 그 형태가 길상사의 불상 조각같이 묘하게 완곡한 곡선을 그리는 바람에 나는 그 애와 이야기하는 것을 꽤 즐겁게 생각했다.

"길상사의 불상을 좋아해요. 전형적인 부처상하고는 많이 다르거든. 그 불상을 조각한 사람은 원래 마리아상을 조각하던 사람이래요."

그러니까 그 불상은, 동양과 서양을 뛰어넘는 조화, 여성과 남성을 뛰어넘는 조화, 인종과 국적과 종교와 아무튼 뛰어넘을 수 있는 거라곤 죄다 뛰어넘어 빚어진 대화합의 극치라는 거였다.

"그럼 언젠가 단풍이 질 때쯤 길상사에 가자."

나는 약속했다. 이젠 지킬 수 없는 약속이 되어버렸지만.

부고메시지를 받았을 때 나는 한창 고속도로 위를 달리던 중이었으므로, 차를 겨우 댈 수 있는 갓길을 발견할 때까지 두서없이 정제되지 않은 생각만 떠올려댈 뿐이었다. 갓길에 주차를 하고, 깜빡이를 넣고, 시트를 뒤로 눕힌다. 어쩐지 한기가 돌아서 히터를 켠다. 눈을 감고 그 애와 나눈 대화들을 하나씩 복기한다. 떠올랐다가 가라앉는 기억들 사이로 오래 체류하는 것은 대개가 지키지 못한, 혹은 못할 약속이기 마련이었다. 쓸쓸한 일이지. 누군가를 떠나보낸다는 건. 눈도 뜨질 않고서 혼잣말한다. 그때 핸드폰이 울린다. Y와 나를 모두 알고 있는 C였다.

'소식 들었어?'

여기서 C가 말한 소식이란 당연히 Y의 부고일 것이다. 다른 소식일 리 없다. 그건 C와 나 사이에서 오갈 수 있는 모든 종류의 대화 중에, Y의 부고가 당연하고도 명백하게 가장 중요한 일이라는 뜻이었다.

'응. 내일 갈까 하는데.'

C는 내 말에, 넌 정말 속도 없네, 했다.

Y는 자주 친구들에게 내 흉을 봤다. C에게도 예외가 아닌 모양이었다. 그러나 그건 그 애가 나를 그만큼 사랑했단 것의 반증이었다. 애석하게도 그 애가 내게 열렬히 구애를 할 때 난 이미 사랑하는 사람이 있었다. 게다가 그 관계를 꽤 진지하게 여겨서, 한눈을 팔 여력 같은 게 남아 있질 않았다. 그럼 나를 오래 지켜본 그 애는, 왜 너답잖게 젠체하냐고 나무라기

도 하는 것이었다. 나는 이제 가벼운 사람이 아니야, 하고 대꾸하면, 그건 곧 그 애의 태도를 가볍게 취급하는 것과 일맥상통하는 것이었으므로, 그 애는 나를 사랑한 만큼 미워할 수도 있는 거였다. "내가 당신을 미워하는 거, 다 좋아해서 그런거니까. 좋아하니까 이렇게 미워하고 증오할 수도 있는 거니까. 당신은 감수해야 해." Y의 목소리가 별안간에 C와 나 사이 벌어진 틈새로 범람한다. 그래도 가야지. 그 말 뒤로는 의미 없는 대화가 몇 번 오갈 뿐이었다. 애증이었네. 애증이었지. 한 달 전에 연락한 게 마지막이었네. 뭐, 대충 그런 식.

나는 자주 죽고 싶어 하던 애였다. 죽지 못하고 그대로 자라 어른이 되었으므로, 종종 죽고 싶은 마음이 치밀어 오르는 어른으로 자랐다. 달라진 게 있다면, 죽고 싶단 말을 쉽게 꺼내지 못하게 되었다는 것 정도가 있겠다. 그건 말할 것도 없이 나보다 먼저, 진짜로 죽어버린 애들 때문이었다. (또 나를 염려하는 사람이 많이 생겼기 때문이기도 하다. 게다가, 휘는 이 말을 듣기 힘들어하지 않던가. 적다보니 그 사실이 생각나 이 글을 볼 휘가 조금 걱정이 된다.) 올해만 두 명 째. 나는 같이 글을 쓰던 애들을 떠나보냈다. 시는 생의 가장 밑바닥에 도달했을 때에야 비로소 쓸 수 있다고 했던가? 그 비슷한 소릴 신봉하고 살던 애들이었다. 나는 그들의 건강하지 못한 사고를 염려하면서도, 시를 쓰려면 응당 그래야지, 하고 동조했다. 무책임한 소릴 한 건 아니었다. 생의 밑바닥, 정말로 처연함의 끝에서 몇 줄인가 문장을 걷어 올려본 사람만이 할 수 있는 공감이었다. 다만 나는 처연함에 발을 담그고 살면서도 계속 살기로 마음먹었다.

아직 건져내고 싶은 문장이 바다만큼 남았다. 정의하고 싶은 마음들과 기억해야 할 인간들이 살수록 많아진다. 나는 이제 그것들을 짊어지고 가야 할 생의 짐으로 여긴다. 먼저 간 애들보다 견뎌야 할 이유가 한 뼘 정도 더 많을 따름이다.

Y는 불교신자였지만, 실은 윤회하고 싶지 않다고 했다. 다시 살아갈 자신이 없단 거였다. 그 바람이 이루어진다면, 내가 몇 번을 죽고 살아도 우린 다시 친구가 될 수 없을 거였다. 이대로 영영 끝. 그러니까 어쩌면 이번 생이 우리가 친구로 지낸 마지막 생일 수도 있는 거였다. 그런 생각이 들 때면, 지난겨울, 같이 술 한잔하자는 부탁을 거절하지 말걸. 그런 후

회가 들곤 하는 것이다. 비가 온다. 내일 해 뜨는 대로 길상사에 가봐야겠다고 나는 생각한다. "그래, 가자." 어디선가 들리는 Y의 목소리가 처연했다.

불면

카페 구석 자리에 앉아 무언가 일이 단단히 잘못되었음을 직감했다. 일단 사람이 많아도 너무 많았다. 말소리를 비롯해 스피커에서 나오는 노래는 연신 소란하고, 원두를 지나치게 많이 볶았는지 커피에선 씁싸름한 맛이 났다. 테이블 옆에 놓인 커다란 화분으로부터 흙냄새가 올라온다. 젖어 있는 것 같다. 물을 준 지 얼마 되지 않았을 거라고 짐작한다. 문제는 모든 감각이 지나치게 뚜렷하다는 것에 있었다. 이래서 약은 안 먹으려고 한 건데. 혼잣말을 하면서도, 동시에 후회하기엔 늦었다고 체념한다. 후회와 체념이 거의 동시에 작용하고 있었다.

왼손바닥을 쫙 펴고 무슨무슨 선이니 하는 것들의 모양을 의미 없이 확인한다. 생명선이 길단 것과 M자 손금은 성공수가 있다는 말을 언젠가 어렴풋이 들은 적이 있다. M자가 되기엔 한 획이 모자랐다. 당신을 생각한다. 내 인생에 부족한 한 획이라면 역시, 당신일 거였다. 비몽사몽간에 주워 먹은 약이 네 알이었다. 약의 부작용이 몽롱한 상태에서 약을 과용하는 거라니. 부작용이 과용을, 과용이 다시 부작용을 불러오는 순환 궤도였다. 이미 반은 비어버린 약통을 생각한다. 집어들 때마다 먼 이국의 악기처럼 차르르, 하는 소릴 내는 하얀색 원통형의 약통. 먹고 싶어서 먹은 약의 개수는 정작 얼마 되질 않았다. 이런 식의 증상은 뉴스를 통해서 넌지시 몇 번 접한 기억이 있다.

괜스레 목 부근이 간지럽다. 어제 약을 먹고 물을 마셨던가? 기억이 날 리 만무했다. 네 알의 약은 물도 없이 삼켜졌다. 어쩌면 위가 아니라 식도 부근 어딘가에서 분해가 되고,

흡수가 되었을지도 모를 일이다. 눈이 자꾸 감기려는 와중에, 꿈인지 허상인지 모를 것을 본다. 저 반대편에 당신이 있었다. 아마 꿈일 것이다. 나는 거의 반쯤 졸고 있었다. 언젠가 당신이 내 목소리를 베개 삼아 베고 자던 것처럼.

고개를 젖히고 천장을 본다. 어디선가 그런 자세로 숨을 쉬면, 뇌에 산소가 공급되어 잠이 깬다는 민간요법을 본 기억이 있다. 시선이 닿은 곳에서 몬스테라의 말라 죽은 잎들이 보인다. 낮게 있는 잎들은 비교적 상태가 괜찮았는데, 역시 저 위까지 양분을 끌어올리기는 조금 무리였던가. 부지불식간에 생각한다. 몬스테라의 목을 적당히 꺾어 저 높은 곳까지 숨이 트이게 해주고 싶었다. 쭉 뻗은 몬스테라의 가지를 보면서 꺾어질 수 있을 만한 관절이 없단 것을 잠깐 애석해한다. 푹 고꾸라질 수 있으면 차라리 좋았을 순간이 살다 보니 많았다.

소음에서 눈을 돌린다. 커피를 마셔도 될지 잠깐 고민한다. 약과 커피가 어떤 상호작용을 일으킬지 짐작할 수 없었다. 다만 의사는 커피와 약을 혼용하지 말라고 말했고, 나는 버릇처럼 아메리카노를 시켰고, 목덜미 언저리에서 약의 부스러기가 느껴질 따름이었다. 이미 주문한 커피는 죄가 없고, 물 없이 약을 네 알이나 삼킨 나는 이 사태에 얼마간 책임을 물어야 했다. 음, 책임이라. 커피를 앞에 두고 마시지 못하는 것이 책임이 될 수 있을까? 자문한다. 네 알은 좀 과했지. 그러나 더 많이 먹지 않은 걸 다행이라고 여긴다. 응급실에 실려가 위세척을 했다느니, 베란다에서 떨어졌다느니 하는 기사를 본 적도 있다. 몽유병과 비슷한 증상을 유발한다나. 그래, 그런 걸 생각하면 좀 낫지. 나는 타인의 불행과 자신의 불행을 저울질하는 데 능했다. 그렇게 해야 그나마 버틸 만했다. 천성이 된 것이다.

불면의 원인을 두고, '자야 한다는 강박'이라 처방 내린 의사의 목소리를 떠올린다. 강렬히 원할수록 멀어진다니. 그래서 아직 죽지 못한 건가? 나는 죽어야 한다는 강박 때문에 과연 사람이 죽지 못할 수도 있는 건지, 또 살아야 한다는 마음이 지나치게 강렬하면 끝내 제대로 살아지지 않는 건지, 그런 게 못내 궁금했다. 약 기운 때문이었다. 어째서 이렇게 위험한 약을 누구나 쉽게 손에 쥘 수 있는지가 늘 의아했다.

먼 테이블에서 두 사람이 이야기를 나누고 있다. 내 쪽에서는 뒤통수밖에 보이질 않는 한 사람이, 몇 번인가 어깨를 으쓱거린다. 낯익은 제스처라고 생각하면서도 누구의 버릇인지 끝내 기억해내질 못한다. 그제야 나는 테이블 위에 아무것도 놓여 있지 않단 걸 알아차린다. 계산하는 줄이 너무 길었기 때문에, 아무것도 시키질 않고 앉아 있던 거였다. 한창 붐비는 시간에 공허하게 앉아 있는 게 염치가 좀 없다고 여기면서도, 내려가 줄을 설 용기는 내지 못했다. 계단을 내려가면 당신이 나를 발견할 것 같다.

애증

———————

    가장 가까운 친구였음에도 불구하고 Y를 한 번도 본명으로 부른 적이 없다. 그 애에겐 많은 이름이 있었는데, 나는 그 중에서도 아주 가까운 사람들에게만 (이를테면 가족에게만) 허락된다는 이름으로 그 애를 불렀다. 그러니까, 우린 꽤 가까운 사이였다고 볼 수 있었다. Y야, 하고 부르면, 그 애는 좀 움츠러든 모습으로 응? 하고 대답했는데 나는 그게 너무 귀여워서 별 용건 없이도 그 이름을 자주 불렀다. 대꾸할 때마다 움츠러든 건 나를 필요 이상으로 어려워했기 때문이었다.

또, 내가 돌연 심각한 소릴 할까봐 경계했기 때문일 거였다. 한창 글 쓰는 것에 미쳐 있을 때부터 나를 봤기 때문에, 나의 날카로운 태도와 예민한 기질을 Y 앞에서만큼은 숨김없이 드러냈기 때문에. 때문에와 때문에 때문에. 날것의 모습을 보여준 몇 안 되는 사람. 그래서 걔가 좋았다. 나를 견뎌줘서. 물론 그만큼 나도 걔를 견뎌야 했지만.

우리는 제법 공평한 관계였다고 기록하기로 한다. 요즘은 부쩍 Y를 생각하는 시간이 늘었다. (이 문장을 적으면서, '그리워하는'이라고 적어야 할지, '생각하는'이라고 적어야 할지 한참 고민해야만 했다.) 그 애의 목소리, 그 애의 유머코드, 그 애가 몇 번이나 봤다던 영화, 그 애의 웃음소리. 그런 게 불쑥 떠올라 나를 가라앉혔다. 이제 그 애와 관련된 것들은 내게 너무 무거워서, 짊어지면 도무지 부력을 유지할 수가 없다.

Y가 죽은 지 다섯 달이 지났다. 그간 내게는 어떤 일들이 있었지? 그 애의 생이 제자리에 못 박힌 후로 내 생은 얼마만큼 그 애와 멀어지고 있었지? 우리 사이에 쌓인 시간들을 천

천히 복기한다. 유의미한 일이 거의 없다. 살지 않은 거나 다름없다, 고 나는 생각한다. 앞으로 얼마나 많은 시간이 우리 사이에 또 쌓이게 될까. 창밖으론 비가 내리고, Y는, 그 애는, 비를 좋아했던가? 잘 기억이 나질 않는다. 나만은 당신을 모조리 기억하고 싶었는데. 시간의 속절없음에 자꾸만 무력해진다. 그렇게 잊어버리는 것이 많아지면 그 애는 언젠가 내 세계에서 완전한 과거가 될 거였다. (아직은 아니라는 소리다.) 죽은 사람은 과거로 남겨두는 게 당연한 수순처럼 여겨지는 것이 애석했다.

Y를 생각하면 가장 먼저 떠오르는 건 술이다. 거의 항상 취해 있었다. 술에 취한 목소리랑 했던 말을 또 하고 또 하는 버릇은 가끔 지긋지긋했지만, 수화기 너머로 그 애의 목소리가 들리면 나는 그제야 안심하고 잠들 수 있었다. 애증이었다. 우리는 다소 서로를 미워하고 있었다. 그건 좀 공공연한 비밀이라, 걔도 알고 나도 알았다. 그다음으로 떠오르는 건 역시 영화다. 그 애의 생을 양분하면 술과 영화, 그리고 그 사이에서 파생된 부산물들만 남을 거였다. 술과 영화가 너무 강렬하게 그 애를 대변하는 바람에 시간이 지날수록 다른 기

억들은 술과 영화 안으로 자연스레 편입되었다. 그 애가 마지막으로 극장에서 본 영화는 〈테넷〉이었다. 얼마나 좋아했던지 극장에서만 여섯 번인가 일곱 번인가 봤다고 했다. 셈해보자면 거의 일주일에 한 번꼴이었다. 하도 강력하게 추천하는 바람에 꼭 극장에서 봐야지 했는데…… 같이 보기로 했던 약속은 끝내 지키질 못했다. 꼭 다시 한번 술 한잔하자는 약속도 끝내 지키질 못했고.

먼 길을 달려 Y의 장례식에 다녀오던 날, 나는 아주 오랜만에 술을 마셨다. 이까짓 게 뭐라고. 같이 마셔주지 못한 게 미안했다. 남겨진 사람은 할 수 있는 게 제 탓밖에 없어서, 나는 걔가 돌연 죽어버린 게 자꾸만 내 탓 같았다. 같이 영화 보는 게 뭐 그렇게 어렵다고. 같이 술 마시는 게 뭐가 그렇게 어렵다고. 그 애가 속마음을 내게 털어놓았을 때, 한 번쯤은 고맙다고 해줄걸. 나는 생각한다.

아직도 〈테넷〉을 보지 못했다. 아직 Y를 놓아줄 자신이 없다.

지나고 나면

―――――

언젠가 어릴 때 살던 동네에 들른 적이 있다. 정수리보다 높이 있던 담벼락은 가슴팍보다 낮아졌고, 한없이 가파르게만 보였던 오르막은, 지금에 와서 보니 경사가 완만했다. 여기서 저기까지의 거리도 기억 속에 있던 것보다 훨씬 가깝고, 건물들도 몇 미터는 작아진 느낌이다. 기억 속에 있는 동네를 꾹꾹 눌러 작게 축소해놓은 기분. 마법 같았다.

괴로운 일들은 지나고 보면 꼭 어린 시절 살던 동네 같다.

가파르고 숨이 차던 경사도 어느샌가 완만한 것이 되어 있고, 그럭저럭 걸을 만한 거리가 되어 있다. 나는 괴로운 순간마다 그 마법 같았던 경험을 떠올린다. 그래, 지나고 나면 아무것도 아닐 거야. 속으로 되뇌다보면, 가끔은 정말로 묵묵히 인내할 힘이 생기기도 했다.

그래. 지나고 나면 아무것도 아닐 거야.

믿음의 근간

———————

눈이 무뎌졌다. 무언가를 꿰뚫는 예리한 안목이라든가 내
포된 의미를 분별하는 힘이. 나는 완전히 무력해진 뒤에야
그 사실을 겨우 인정한다. 도무지 쓸 수 있는 게 없었다. 김
연수 작가는 말했다. 다 태우고 난 잿더미 앞에 서서 아무것
도 쓸 수 없단 걸 시인할 때, 비로소 소설은 시작된다고. 나는
그 말을 믿어보려고 한다. 요즘엔 나도 모르게 믿는다는 말
을 가끔 한다. '믿는다.' 나는 누군가를 혹은 무언가를 온 힘
다해 믿어본 적이 없다. 그 이유는 스스로도 스스로를 결코

믿을 수 없다고 여기기 때문일 것이다. 그런 연유로 내게 찾아온 이 작지만 분명한 변화가 놀라울 따름이다. 나는 무언가를 믿고, 누군가를 믿고, 그 믿음에 편승해 지금보다 안정적이고 싶다. 혼자 모든 감정을 다 책임질 필요 없이, 누군가를 믿는다면, 책임을 좀 내려놓고 가벼워질 수도 있을 거였다. 믿음에 대해 믿으려면, 우선 내가 나를 믿는 일이 선행되어야 한다. 내가 나를 믿는 것. 오만과 그 궤를 달리하기 위해선 그 믿음엔 필연적으로 근간이 필요했다. 그래야만 오만과 구분될 수 있다. 좋아, 내가 나를 믿는 근간은, 그간 쉬지 않고 써온 글자들이다. 갈 곳을 잃고 바닥으로 떨어지는 글자만 해도 하루에 수천 자가 넘었다. 나는 썩어 단단해진 글자에 발 담그고 서서, 발가락을 뿌리처럼 뻗고, 양분을 빨아들인다. 그렇게 낱낱이 한번 분해되었던 자음과 모음이, 마침표와 쉼표가, 행간이, 나를 다시 쓰게 한다.

통영

―――――

　지난여름, 나는 고속도로를 따라 무작정 달리고 있었다. 내가 있는 곳에서 차를 타고 갈 수 있는 가장 먼 곳이라면, 한반도를 모로 가로질러 있는 부산이나 통영일 거였다. 그런 연유로, 나는 무작정 달리고 있었지만 결국엔 그 어디쯤에 도달할 거라고 예감하긴 했다. '결국 그렇게 되겠지.' 길이 끝날 때까지 달릴 작정이었으므로 얼마간 확신을 가진 예감이었다. 커다란 산 몇 개를 등 뒤로 넘기는 동안 나는 많은 풍경을 미처 소화시키지도 못한 채로 떠나보내야 했다.

지난여름은 좀 가혹했다. 답답한 마음에 자꾸만 치밀어 오르는 설움을 남몰래 품고 살았는데, 그 정체가 뭔지 알 수가 없어서 해소할 방법 역시 전무했다. 죽겠단 소리를 버릇처럼 달고 살았다. 힘들어죽겠네. 피곤해죽겠네. 세상에 죽을 일이 많아도 너무 많았다. 에어컨을 끄면 차 안의 공기가 쉽게 뜨거워졌다. 금세 숨이 막힐 것처럼 답답해서, 나는 창문을 열었다가 닫았다가, 다시 에어컨을 틀었다가 껐다가를 반복했다. 해소되지 않는 갈증은 이토록 가혹한 것이다. 나는 실감했다.

늦은 저녁에 출발했기 때문에, 무주를 지날 무렵엔 벌써 밤이었다. 고속도로를 빠져나와 국도로 접어든다. 무작정은 말 그대로 무작정이라, 빠져나가고 싶은 충동이 들면 참기 어려웠다. 참을 이유가 없다고 적는 게 보다 사실에 가깝겠다. 길이 좁아진다. 국도로 접어든 순간 나는 혼자가 되었다. 사실은 이미 예전부터 혼자였다. 그저 다시 한번 실감할 따름이다. 왕복 일차선의 좁은 산길을 따라 더 낮은 곳으로 흘러간다.

그날 적은 메모를 기억한다. 아무도 달리지 않는 길을 따라 나란히 서 있는 가로등을 보면서, 기약 없는 기다림에 관해 생각했지. 나는 가로등의 생김새가 너무 슬픈 바람에 한참을 울었다. 내가 그런 생각에 잠겨 있는 동안, 세계는 무슨 생각을 했는지 모르겠다. 도로는 조용했다. 답답해서 떠난 건데, 어째선지 달릴수록 더 답답해지기만 했다. 고요함. 나는 내가 사랑해 마지않던 침묵 속에서 서서히 익사하고 있었다. 누군가 그랬던 것처럼. 침묵 속에 심어놓은 말들은 끝내 다 죽어버린 것 같았다.

그러는 사이에 어느새 통영이었다. 통영에 가본 것은 그때가 처음이었다. 얼떨결에 도달한 곳에서 나는 조금 자랐다. 너를 보내줄 마음이 조금 들었다. 삼면이 바다라, 어디로든 달리면 끝내 바다에 도달하고 말 거라던 말을 떠올린다. 나는 그 말에, 그러게 북으로 갈 생각은 없으니까, 하고 농을 걸었던가? 잘 기억나질 않는다.

그런 이유로, 끝까지 달아나고 싶은 사람은 끝내 바다에 도달하고야 마는 거였다. 삼면이 바다니까. 불가피한 일이다. 내게 살갑게 굴던 얼굴을 생각한다. 나는 네가 죽은 게 가끔은 실감이 나질 않는다.

꿈

―――――

　우리는 때로 갈 수 없는 곳을 그리워하게 된다. 이를테면 영화나 소설 속에만 존재하는 어떤 허구의 장소라든가, 이미 사라져서 존재하지 않는 곳, 가끔은 과거의 어떤 시절을 그리워하기도 한다. 비슷한 맥락으로, 닿을 수 없는 것을 사랑하게 되거나, 가질 수 없는 것을 갈망하게 될 때도 있다.

　현실 같은 꿈을 꾼다. 너무 생생한 바람에 가끔은 실제로 일어났던 일인지, 아닌지 구분하기 힘든 경우도 있다. 언젠가 한번은 이런 일도 있었다. 꿈에서 한 약속을 지키기 위해 눈 쌓인 골목길을 한참 걸어간 일. 그 끝에 서 있던 다코야키 트럭에서 다코야키를 두 박스 샀지. 돌아오는 길에야 그게 꿈이었단 사실을 돌연 깨달았다. 재회는 꿈에서나 가능한 거였으니까. 그래, 그건 꿈이었을 거다. 나는 집으로 돌아가는 대신 상왕십리역으로 향한다. 다시 오 분을 걸어 우리가 함께 살던 집 근처 골목길을 서성인다. 여전한 빵 냄새와 여전한 주황색 가로등 불, 여전한 골목길과 여전한 길고양이들 사이로 여전하지 못한 내가 다코야키 두 박스를 들고 황망히 서 있다. 여기에 여전하지 못한 건 나뿐이라, 그 사실이 좀 괴로웠다.

꿈속에 어째선지 반복적으로 등장하는 장소들이 있다. 그런 곳을 많이 가지고 있다. 꿀 때마다 계절도 달라지는 통에, 정말로 어디선가 방문한 적 있는 것 같단 생각에 휩싸이기도 한다.

현실이 고단해 어딘가로 달아나고 싶은 기분이 들면, 나는 눈을 감고 그곳을 떠올린다.

어릴 적 살던 동네에 자주 가던 공원이 있다. 도서관과 붙어 있고, 뒤편에 작은 절을 품고 있는 곳. 내 유년 시절의 적지 않은 부분이 그곳에 있다. 꿈속의 공원은 현실의 그것과 거의 비슷한 모양을 하고 있다. 그래서 일단 꿈을 꾸면, 그리운 표정을 지을 수밖에 없는 것이다. 현실과 한 가지 다른 점을 꼽자면, 나무로 지어진 커다란 카페가 있다는 것 정도다. 진한 갈색 나무로 벽과 기둥을 세우고, 그 위론 검은색 기와를 촘촘히 올린 모양새다. 마당엔 작은 정원이 있고, 정원엔 얕은 수영장이 있다. 아무리 둘러봐도 간판은 보이질 않는다. 꿈속의 나는 그 카페에서 매일 누군가를 만난다. 혼자 있는 경우는 거의 없다. 어떤 날엔 사랑을 하고, 어떤 날엔 이별도 하고, 또 어떤 날엔…… 그리운 사람을 마주치기도 한다. 허구의 장소가 이렇게 반복적으로 나올 수도 있는 걸까? 어쩌면 언젠가 실제로 다녀온 곳일 수도 있지 않을까? 어떻게 그럴 수 있는지 명쾌하게 설명할 순 없지만, 나는 어젯밤에도 그곳의 꿈을 꾸었다.

　겨울이었다. 눈 위로 이름을 알 수 없는 새의 발자국이 여기저기 나 있었다. 나는 대청마루에 앉아 다리를 밖으로 빼놓고 있다. 덕분에 눈이 무릎에 쌓였다 떨어지길 반복했다. 당신은 따뜻한 아인슈페너를 마신다. 예상컨대, 아몬드 크림일 것이다. 잘 지냈니? 당신은 묻는다. 나는 잘 지내지 못했지만, 응 그럭저럭, 이라고 대답한다. 잘 지내지 못했다고 대답하는 건……. 그런 식으로 당신에게 죄책감을 주는 건 좀 불공평하다고 여긴다. 우린 이별하는 순간 서로 책임져야 할 부분을 나눠 가졌으니까. 나의 안위를 걱정하는 일은 당신에게 할당되지 않은 영역이다. 잘게 썬 양갱을 포크로 찍어 먹는다.

사실 그 동네에 간 적이 있어. 나는 양갱을 씹으면서 말한다. 일부러 발음을 조금 흘린다. 어디? 당신은 되묻고, 어디선가 날아온 새는 눈발자국을 남긴다. 거기. 나는 다시 한번 말한다. 당신과 나 사이엔 숨은 뜻을 가진 단어가 많이 살았다. 부러 설명하지 않아도 통하는 의미들은 당신과 나를 사랑이라는 이름으로 묶는 일에 일조했다. 아 거기. 당신은 아는 체를 한다. 조금 서글퍼진다. 단어들은 여전히 여전한데, 그곳에 살고 있는데, 우린 그럴 수 없단 게 믿기질 않았다. 당신은 말이 없다. 나는 커피를 마시고 새를 본다. 우리 경주에 갔던 날 기억하니? 당신이 다시 묻는다. 나는 고개를 끄덕인다. 얼마 전에 다녀왔거든. 당신은 잠깐 말을 끊고, 커피를 한 모금 마신다. 입술을 가지런히 모은 채로 나의 동향을 살핀다. 안압지 앞에 연못 기억나지. 못이 말라서, 연잎이 다 죽었더라.

나는 탄식한다. 꼭 다시 가보고 싶었는데. 중얼거린다. 먼 곳에서 뱃고동 소리가 먹먹하게 들린다. 당신은, 이제 갈 시간이야, 하고는 나를 두고 영영 떠날 채비를 한다.

간조와 만조

———

간조의 때. 나는 드러난 뻘의 민낯을 연민합니다. 그런데 만조와 만조, 간조와 간조가 항상 대칭으로 일어난단 사실을 알고 계십니까? 그것은 원심력 때문입니다. 나는 일정한 주기를 가지고 계속 생의 굴레를 돌고, 볕을 쬘 때면 좀 살 만해졌다 착각하는 버릇이 있습니다. 설거지를 하고, 빨래를 널어 말리고, 분리수거를 하면서 살아 있단 흔적을 지워가는 일을 세간에선 '살림'이라고 부릅니다. 그렇다면 살았던 흔적을 더 이상 지울 수 없는 상태는 뭐라고 불러야 마땅합니까. '죽임?' 그러나 그렇게 부르는 사람은 아무도 없었습니다. 다음 세기엔 부디 살과 뼈를 남기는 일에도 마땅히 어울리는 이름이 붙어야 할 것입니다. 당신이 나의 뒤통수만 보고서 내 표정을 쉽게 알아차린 것이, 사실은 우연이 아니었다는 이야깁니다. 나는 여전히 돌고, 덕분에 원심력이 생겼고, 달을 달아나지 못하게 곁에 꽉 붙들어놓았고, 만조와 만조, 간조와 간조를 만들고, 드러난 뻘의 민낯을 할 테니까. 그러므로 설거지를 하고, 빨래도 널어 말리고, 분리수거도 할 수 있을 테니까. "그런데 당신의 흔적을 지우는 일만은, 어쩌선지 살림으로 느껴지질 않는다." 혼잣말을 지껄이기도 할 테니까. 그 말은 나를 계속 제자리로 돌아오게 하고, 그러는 사이에도 생은 크게 한 바퀴를 돌아 몇 번일지 모를 윤회를 계속합니다. 광활한 우주에서 우리, 또 한 번 마주칠 날이 오긴 올 것입니다. 그것은 섭리이므로, 우리는 감히 필연이라고 할 수 있겠습니다.

환절기

―――――

계절처럼 분명하게 구분되는 삶의 구간들이 있다. 전후로 환절기처럼 앓기도 하고, 계절을 대표하는 성질도 선명했다. 한 일 년간 고단한 환절기를 통과했다. 지나고 나니까 알겠다. 계절이 바뀌었구나. 지난 모든 계절을 나는 비뚤어진 인간으로 살았다. 비관적이고, 회의적이고, 배타적이고, 공격적인 인간. 모든 부정적인 수식어를 다 갖다 붙여도 모자랄 만큼 끔찍한 속내를 품고 있었다. 거기다 열등감까지. 부정형 인간이란 단어는 나를 위해 존재하는 것 같았다.

비뚤게 산 이유는 내 불운한 어린 시절에 있다. 이미 이십 년도 더 지난 일임에도 거기서 벗어나질 못하고 그때의 기억들을 약점처럼 쥐고 있었다. 깊은 곳에 모셔두는 바람에 아직도 아물지 못한 것이다. 제대로 살면, 곧은 생각을 하고 살면, 그때의 나를 배신하는 거라고 믿었다. 그렇게 두면 너무 가엾지 않으냐고, 매일 되뇌었다. 달아나고 싶을 때면 나는 내 비뚤어진 천성을 핑계 삼았다. 그리고 정말 쉽게 달아나 버렸다. 어려웠던 적이 없다. 부모로부터 버림받았던 기억이 여전히 선명하기 때문에 그냥 그대로 하기만 하면 되었다. 이런 성정을 남몰래 비겁하다고 여겼다. 그러므로 글에서만큼은 문제를 직면해야 한다고 계속 이야기했다. 달아나지 말라고, 현실도피하지 말라고, 삶을 달관한 사람처럼 굴었다. 사실은 그냥 나 말고 아무것도 신경 쓰지 않는 비겁한 인간인 주제에. 그 사실을 들키고 싶지 않았다.

한 달 일주일 후에 소위 말하는 '꺾이는' 나이가 된다. 불혹을 오 년 앞두고 나는 생각한다. 과연 오 년 뒤의 나는 세간의 일에 정신을 빼앗겨 갈팡질팡하거나 판단을 흐리는 일이 없게 될까? 그럴 수 있을까? 직면해야 하는 순간에 도달했음을 깨닫는다.

끝내 변할 것 같지 않던 태도에 변화가 생긴 건, 아니 변화하기로 마음먹게 된 건, 나보다 나를 더 믿어주는 사람들 때문이다. 그리고 반려견 소소. 그들의 맹목적인 믿음을 쬐고 있으면 나는 자꾸만 둥그러졌다. 편협하지 않게 살 수 있을까? 불쑥 치밀어 오르는 화를 좀 누르고 살 수도 있을까? 그런 기대를 슬그머니 하게 되는 것이다. 그간은 그걸 받아들이질 못했다. 그동안 살아온 자세를 고치고 새로운 마음가짐을 갖는다는 게 무서웠다. 지금의 작은 변화가 몇 년 뒤에 내게 어떤 영향을 끼칠지, 그런 것들을 생각하면 쉽게 변할 수가 없었다. 그런데 이제, 이렇게 사는 것에 좀 지쳤다.

며칠 전 B에게서 메시지를 받았다. 내 글 덕분에 오랜 문제의 해결점을 찾았다는 거였다. 듣던 중 반가운 소리였다. 나는 그간 그가 얼마나 고통스러워했는지 간접적으로나마 지켜봐왔다. 가끔은 처한 상황에서 공통점을 발견해 깊이 통감하기도 했다. 그랬기 때문에 B의 피드에 올라오는 행복한 일상을 보면서 누구보다 다행이라고 여기고 있었다. 솔직히 부럽다고 생각하기도 했다. 나도 저렇게 살고 싶었는데, 하면서. 못된 열등감이었다. 열등감은 무섭다. '나라고 왜 행복해질 수 없겠어?' 같은 생각을 애초에 하질 못하게 한다. 그 사실을 깨닫고 나면 이번엔 무기력이 나를 덮친다. 행복해지기 위해 당장 침대 밖으로 나가서 뭐라도 해야 한다는 생각을 방해하는 것이다. 그다음은 체념, 그다음은 고독, 그다음은 후회를 수반한 자기비하, 그다음은, 그다음은…… 이 모든 부정적인 요소들이 연쇄작용을 일으키면 인간은 부정형 인간으로 완성된다. 여기까지 실감한 다음에 찾아올 건 또 뭘까? 그게 뭐든지 간에 이번에야말로 포기하지 않겠다고 다짐한다. 내 글이 누군가에게 긍정적인 영향을 미칠 수 있다면, 내게도 그럴 수 있을 것이다.

회의적이고 냉소적인 태도로 삶을 배웠기 때문에 당장 극적인 변화를 기대할 순 없을 것이다. 그러나 중요한 건, 이제 변해야겠다고 마음을 먹었단 사실 그 자체다.

이번 계절엔 힘들지도 모르지만, 어쩌면 그다음 계절에

도, 그다음 계절에도 힘들지 모르지만, 언젠가 찾아올 계절
엔 볕을 쬐고 꽃을 틔우면서 진심으로 웃을 수도 있을 것이
다. 그렇게 믿고 싶다.

사랑의 씨앗

―――――

　나는 생을 오래 공유하던 사람과 헤어지고 나서야 사랑을 어렴풋이 이해하게 되었다. 진부한 클리셰. 지나고 나서야만 보이는 사랑의 일면은, 사랑이 결코 첫 번째에 완성될 수 없단 것을 시사했다.

　당신도 그때의 나와 비슷한 경험을 지금 하고 있는 것이다. 그렇게 이해하기로 한다. 지난 사랑을 애도하면서, 사랑이 가진 어떤 부분을 좀 더 면밀히 알게 될 거였다. 그 모든 지난한 과정이 끝나고 나면, 결국 새로운 사랑이 시작될 거고, 그 길의 끝은 내게로 귀결될 것이다. 나는 직감했다.

오늘 우리는 차에 나란히 앉아 긴 시간을 함께 보냈다. 그녀는 내게 기대어 있었고, 우린 공허하지 않았다. 나는 태어나길 갈구하는 무언가처럼, 그녀의 곁에 바짝 붙어 있었다. 당신을 알고 싶어. 어떤 밀도를 가지고 있는지, 그 세기를 알고 싶어. 나는 소리 내지 않고서 몇 번이나 말했다. 태동하는 사랑의 씨앗을 잉태한 인간이란. 어쩔 도리가 없다.

○

　나는 아무것도 모르는 척 당신에 관한 글을 적어 남겼다. 그럼 당신은 다시 아무것도 모르는 척 내 글을 읽었단 표시를 슬쩍 남기는 것이다. 나는 그 무렵에만 느낄 수 있는 처절한 절망을 좋아했다. 시작할 수도 있다는 희망이 극에 달했다가 곤두박질치길 반복하는 밤. 나의 잔해를 수습하는 일은 온전히 당신의 몫이었다.

숨길 수 없는 것

———

　은이를 만날수록 나는 나의 절단면을 계속 직면하게 되었
다. 달아나면서 잘라버린, 꼬리가 있던 자리. 내가 잘라낸 것
들을 생각한다. 쉽게 체념한 관계와 한때 나를 사랑했던 이
름들에 관해. 절단면이 좀 매끄럽기를 바란 적도 많았다. 미
련도 그리움도 후회도 없이 잘라낼 수 있었음 좋겠다고 여겼
다. 그렇게 갖게 된 절단면이 손가락보다 많았다. 나는 곧잘
도망치는 애였으니까. 자라면서도 도망치기를 멈추지 않았
으니, 자연히 곧잘 도망치는 어른으로 자랐다. 당연한 수순

이었다. 그런데 은이를 만나고 나서는 꼬리를 자르는 방법을 잊어버린 것처럼 군다. 더는 체념하지도, 포기하지도 않고 생을 묵묵히 인내하고 싶어졌다. 그러니까 은이는 이제 나를 살게 한다. 게다가 살고 싶어진 내가, 나는 싫지 않다.

종일 붙어 있었음에도 그냥 집에 돌아가기는 어쩐지 아쉬워서 한강 주차장을 찾았다. 주차한 채로 차 안에서 한강을 보여주고 싶었는데, 나와 같은 마음인 사람들이 많았는지 적당한 자리가 없었다. 한겨울에 코로나까지. 데이트할 데라곤 집 아니면 차가 전부였다. 우린 하는 수 없이 서로를 세게 끌어안았다. 두 팔을 갖고 태어난 데다가, 비슷한 체온을 가지고 있었기 때문에 필연적인 일이었다. 게다가 나는 방금 전, 그 애의 말을 '사랑해'로 잘못 들은 참이었다. 사랑해라니. 너무 사랑하면, 호랑이를 사랑해로 잘못 듣기도 하는 모양이었다. 물론 곧바로 호랑이 그림을 보고서 착각했음을 깨달았지만……. 그건 사소한 문제일 뿐이다. 주목해야 할 점은 우리 사이에 사랑한단 말이 오갈 수 있는 다리가 엉겁결에 놓였단 것이다. 역사적으로 조명해야 할 순간이었다. 베를린 장벽도 무전 송신 오류로 무너지지 않았던가. 아무리 착각이라지만 마음속으로 '나도 사랑해.' 하고 대꾸한 이상, 이건 돌이킬 수 없는 일이다. 나는 그 애를 사랑하게 되었음을 순순히 시인하기로 한다.

끌어안은 목덜미로부터 흘러나오는 글자를 가만히 만진다. 사랑을 닮은 글자들. 은연중에 생에 새기는 글자들을 통해 그 의중을 알아채는 것을 업으로 삼고 있기 때문에, 나는 그 애의 마음이 사랑에 임박했음을 그 애보다 먼저 알았다. 그런 일련의 과정을 통과해 내가 마침내 사랑한다고 속삭였을 때, 은이가 지어 보인 표정을 기억한다. 겨우겨우 좋아한단 말을 하고서는 무언가 망설이던 숨도 낱낱이 기억하고 있다. 그것은 시를 닮은 숨. 나는 행간 사이에 숨은 마음을 읽는다. 그 애가 말을 망설일 때는 조금 더 사랑해주고 싶다. 행간에 숨긴 마음을 눈치챌 때면, 내가 그 애를 얼마만큼 사랑하는지 계속 실감하게 된다. 어쩐지 마음이 녹아버려 무심코 그 애 위로 쏟아져버리고 싶단 충동에 휩싸이기도 한다. 밤새 끌어안고 싶다. 겹겹이 걸친 옷을 걷어내고, 당신에게 입맞추고 싶다. 당신을 계속 사랑하고 싶다.

그 애는 저도 모르는 사이에 이미 나를 사랑하고 있다. 내가 마음속으로 '나도 사랑해.' 하고 대꾸한 것처럼, 아마 그 애도 그랬을 것이 자명했다. 그런 건 말로 하지 않아도 알 수 있는 법이다. 사랑에 관해서라면 이런 식의 느낌은 대개 틀림이 없다. 결국 우린 내일 함께 저녁을 먹게 될 것이다. 그때쯤엔 쏟아지던 마음들이 명백히 사랑임을 서로에게 입증할 거였다. 그럼 나는 그 애의 눈동자를 보면서 사랑한다 속삭이고, 눈동자는 마음의 창이라 차마 마음을 숨길 수 없는 그 애는, 나도 실은 당신을 사랑하고 있다고, 그제야 이실직고할 것이다.

사랑의 요소

———————

    가장 좋아하는 사랑의 요소가 뭐냐고 물었지. 사랑을 이루는 수많은 요소 중에 가장 좋아하는 것이 뭐냐고. 나는 당신에게 믿음이라고 답했다. 내게 있어 믿음이란 사랑만큼이나 불가해한 거였다. 사람이 사람을 믿는다는 게 과연 가당키나 한 일인가? 사실은 나도 나를 믿을 수가 없는데. 그러나 사랑 앞에 서면 나는 가끔 누군가를 맹목적으로 믿고 싶어진다. 그야말로 맹목적으로.

사랑한단 말이 세상을 향해 터져 나오던 그 태초의 순간을 기억한다. 사랑이 극에 달해 사랑한단 말이 나도 모르게 자꾸만 목구멍을 두드리던 때. 뭘 먹고 마셔도 좀처럼 허기와 갈증이 가시질 않던 때. 그리하여 결국은 사랑한단 말이 터져 나오고 말았을 때. 사람이 사람을 믿고 싶은 충동도 이와 비슷한 양상을 보인다. 그런 의미에서 믿음과 사랑의 태동은 닮아 있다. 연민이나 동경 같은 요소들과는 그 형태나 파동이 조금 다르다. 연민하기 때문에 사랑하게 되는 것, 사랑하기 때문에 연민하게 되는 것, 동경하기 때문에 사랑하게 되는 것, 사랑하기 때문에 동경하게 되는 것……. 수많은 사랑의 요소가 이런 형태로 서로를 배양할 테지만, 믿음과 사랑은 이러한 수순을 따르지 않는다. 내가 사는 세계에서는, 믿음은 사랑 없이는 존재할 수 없는 것이다.

　염세적인 인간이기 때문에 사랑 다음에 믿음이 놓이는 게 어쩔 수 없는 수순이었다. 어제나 그제, 혹은 내일이나 모레의 마음은 기약할 수 없겠지마는 지금, 서로의 손가락이 얽혀 있는 이 순간만큼은, 당신이 날 사랑하고 있다는 그 강렬한 믿음, 그 믿음으로부터 파생되는 비로소 합일했다는 감각과 마음의 형태가 꼭 맞물려 있음을 실감하는 일. 내게 있어 믿음이란 그런 형태로만 존재할 수 있다.

나는 당신의 말에 대답하는 순간에, 믿을 수 없게도 당신 이라면 믿을 수 있겠다는 생각을 기어코 하고야 말았다. 아무런 근거가 없으니 좀 맹목적이었다. 믿음이 사랑의 요소 중 하나라면, 사랑 없이는 결코 파생될 수 없는 종류의 것이라면, 나는 어떤 부분에 있어서는 이미 당신을 사랑하고 있다고 해도 과언이 아닐 것이다.

밤 편지

――――――

썰물로 물이 많이 빠진 서해에서 우린 새해를 맞았다. 2021년에서 2022년으로 넘어가는 순간, 12월 31일이었던 날짜가 1월 1일로 바뀌는 순간, 11시 59분이 00시 00분이 되는 순간, 59초가 00초가 되는 그 찰나의 순간을 우린 함께 맞이했다. 좋아하는 누군가와 함께 있으면 세계는 아주 거대했다가, 아주 압축되었다가, 다시 거대해졌다가, 다시 압축되었다가……를 반복한다. 거시적으로 미래를 그렸다가, 미시적으로 시침 분침 초침을 살폈다가, 하게 되는 것이다. 행여

나 놓칠까봐 눈도 감질 않았다. 57초 58초 59초 00초. 해피 뉴이어!

 그렇게 서른다섯이 되었다. 삼십 분쯤 전에 고민하던, '새 해 처음으로 들을 노래'는 진작 어디론가 날아가버렸고, 운 명에 맡기자면서 대충 돌리던 플레이리스트는 아이유의 〈밤 편지〉를 재생한다. '이 밤 그날의 반딧불을 당신의 창 가까 이 보낼게요. 음, 사랑한다는 말이에요.' 너무 슬픈 노래가 나 오면 어쩌냐고 걱정하던 애인의 대사는 기우가 되었고, 나는 다시 한번 운명에 관해 생각한다. 이 노래, 며칠 전에 글로 적 은 기억이 있다. 가사를 곱씹으면서 생각한다. 애인이 잘 자 는 게 이제 내 소망이 되었지. 그때 양쪽에서 불꽃이 터진다. 고리타분한 문학적 표현이 아니라 정말로 현실에서, 누군가 폭죽을 터뜨리고 있었다. 해변의 왼쪽과 오른쪽에서 동시에. 덕분에 좋은 자리에 앉아서 좋은 구경을 할 수 있었다. 새해 와 밤바다와 폭죽이라니. 예상컨대 그들도 사랑하고 있는 누 군가였을 테다. 우리는 모두 같은 마음으로 57초 58초 59초 00초를 세었을 거였다. 펑펑. 터지는 불꽃을 보면서 생각한 다. 아, 애인을 사랑하고 싶다. 입을 맞추고, 사랑한다고 속삭이고 싶다.

애인은 집으로 돌아오는 길에 여러 사람에게 새해 인사 메시지를 보냈다. 메시지를 적으면서 계속 입으로 중얼거리는 바람에, 나는 새해 복 많이 받으라는 말을 여느 때보다 더 많이 듣게 되었다. 그건 내가 이번 해에 아주 단단히, 기필코 행복해질 거라는 일종의 복선 같았다. 메시지를 하나 보낼 때마다 내 손을 만지작거리던 애인의 손이, 그 온기가, 밤이 되었어도 손바닥에 여전히 남아 있는 애인의 향기가, 그런 예감을 뒷받침했다. 당신이 뿌린 복선이니까 당신이 회수해야 해. 그러니까 내 행복은 이제 온전히 당신에게 달려 있다구. 그런 말을 하려다가 겨우 삼킨다.

그래 나, 이 사람이라면 사랑할 수 있을 것 같다. 해가 바뀌고 제철을 맞은 과일처럼, 사랑한단 말도 과즙을 머금고 단단히 영글어간다.

너를 좋아해

　너는 누구도 해주지 않던 말을 곧잘 해주었지. 너는 누구
도 바로잡지 못한 나의 수면 패턴을 잡아주었고, 또 너는 누
구도 고치지 못한 나의 바보 같은 버릇들을 많이 고쳐주었
어. 너는 내 삶에 성큼 들어와 자꾸만 누구도 하지 못한 일을
하고, 그것도 모자라 이제는 사랑이 되려고 한다. 네 이과적
감성을 좋아해. 금방 괜찮아지고 마는 회복의 탄성을 좋아
해. 지난 사랑을 애도하는 방식을 좋아해. 술 마시면 잘 끌어
안는 버릇과 네 눈웃음을 좋아해. 보고 싶단 말 대신 I miss

you라고 에둘러 표현하는 방식을 좋아해. 웃을 때 내는 소리를 좋아하고, 손바닥에 남은 네 향기를 좋아해. 네 어깨의 완만한 경사를 좋아해. 자꾸만 머리칼을 만지는 버릇을 좋아해. 새벽에 잠깐 깰 때마다 날 보고 싶어 하는 너를 많이 좋아해. 조수석에 앉아 노래를 따라 부르는 너를 좋아해. 빈틈없는 연락과 내 꿈을 자주 꾸는 너를 좋아해. 나는 너를 좋아해.

레시피

───────

    잼을 만들 때는 인내심을 가지고, 과실이 뭉근해질 때까지 약불에 오래 졸여야 한다. 나는 그 사실을 잘 알고 있다. 그러니까, 잼을 빨리 먹고 싶다고 성급하게 센 불에 졸일 수는 없다. 그런 식으로는 재밖에 만들지 못한다. 나는 끓고 있는 잼에(혹은 아직 잼이 아닌 것에) 자꾸만 숟가락을 집어넣는다. 잼일까? 아직 잼이 아닐까? 잼이 될 수 있을까? 풍겨오는 냄새로 봐서는 거의 다 된 것도 같은데, 하고 푸념한다. 마음을 정성껏 다듬고, 설탕을 적당히 뿌렸다. 슬슬 달짝지근한 냄새가 난다. 약불에 올려놓고 졸이는 동안엔 혹여나 바닥에 눌어붙지 않도록 저어주는 것이 중요하다.

사랑도 잼을 만드는 일처럼 결과를 빤히 예측할 수 있다면 어떨까? 정해진 레시피가 있어서 15일간 졸이고, 10일간 식힌 뒤에 예쁜 병에 담아 보관할 수 있다면(라벨엔 사랑이라고 적겠지.), 혹은 자전거나 줄넘기처럼, 계속 걸리고 넘어지다 어느새 익숙해지는 거라면 어떨. 사실은 사랑이란 게, 상대와 상관없이 늘 비슷한 모양이라면 그건 또 어떨까. 그렇담 나는 열심히 사랑에 발 걸려 넘어지면서, 가끔은 진창에 구르기도 하면서, 결국엔 더 잘 사랑하게 될 수도 있었을 텐데. 그럼 나는 안달 나거나 애타는 일 없이 너의 마음이 사랑이 될 때까지 얌전히 굴 수 있을까? 알 수 없는 일이다.

그러나 유일하지 못한 것도 사랑이라고 부를 수 있을까?

내게 사랑은 조금 모호한 거였다. 애인의 눈을 보면 치밀어 오르는 감정, 사랑이란 말이 금방이라도 쏟아질 것처럼 목이 간지러울 때 느끼는 허기 같은 건, 명백히 사랑이었다.

그러나 내가 언제 애인을 사랑하게 되었는지, 어떤 이유로 사랑이라고 생각하는지 따위를 파고들기 시작하면 금세 또 영문을 알 수가 없다. 명확한 기준선이 없다보니, 그냥 대충 얼버무려 이쯤부터 사랑이었지, 하고 회상하는 수밖엔 없는 것이다. 나는 이런 무책임한 굴레에서 벗어나고 싶었다. 사랑하게 되는 순간, 동시에 이게 사랑임을 깨닫고 싶었다. 사랑인지 아닌지 쓸데없이 고민할 필요 없이, 그저 최선을 다해서 사랑할 수 있는 인간이 되고 싶었다.

애인은 오늘 빵을 주문하면서, 조금 어른이 된 것을 실감했다고 했다. 이유를 물어보니, 초코 크로플은 눈에 들어오지도 않고, 어째선지 시나몬 크로플을 시켰다는 거였다. 게다가 꽤 맛있게 먹었다고. 나는 그 말에 "정말 신기하지. 어른스러워졌다는 걸 실감하는 게, 스스로 딱 어른이 되었구나 아는 게 아니라, 나도 모르게 어느새 변한 취향과 행동으로 먼저 알게 된다는 게." 하고 대꾸한다. 실은 애인에게, 사랑에 관해 쓴 위의 문장을 그대로 읽어주고 싶었다.

젠가

―――――

　사랑을 젠가에 비유한 대화를 쓴 기억이 있다. "있잖아. 아
까 젠가 할 때 이게 꼭 우리 같다고 생각했어. 딱딱하고 가지
런한 관계에서 조금씩 무용하고, 위태롭고, 아름다운 것으로
변해가는 게." 무용하고 위태롭고 아름다운 것. 내가 지금껏
해온 사랑을 한 문장으로 함축하자면 그렇게 적을 수 있을
거였다. 그보다 나은 표현은 기필코 없다. 거의 쏟아지는 동
시에 끝이 났으므로 명백했다. 그런 의미에서 젠가에 비유한
사랑은 반만 맞았다. 내 사랑은 한 번도 정갈하고 가지런히

쌓인 상태에서 시작한 적이 없다. 내게 사랑은 소나기처럼 쏟아지는 것, 큰 소리로 요란하게 시절을 물들이는 것, 그러니까 굳이 고쳐 쓰자면, 젠가보단 바구니에 담긴 블록을 땅에다가 힘껏 쏟아붓는 형태에 더 가까웠다. 땅에 쏟아져 메울 수 없는 상처를 입히기도 하고, 블록끼리 부딪쳐서 기꺼이 부서지기도 하고, 금이 가기도 하고, 이가 나가기도 했다. 위로 쌓이는 것은 거의 없이, 겨우 포개지는 게 전부인 무용한, 혼란 속의 아름다움. 내 사랑은 불안정함 속에서만 안정을 찾을 수 있었다. 그래야만 한다고 여겼으니까. 그랬는데,

요즘의 나는 다르다. 실수로 떨어뜨려 이가 나간 블록 하나도 안타깝게 여기면서 신중하게 군다. 원래 놓여야 할 자리에 순순히 놓이는 기분으로, 나는 매일 매 순간을 당신과 함께 쌓아가고 있다. 내려놓을 때마다 원래 있어야 할 자리를 하나씩 찾아가는 기분을 느낀다. 5층을 쌓으면서 6층의 모습을 어렴풋이 그려볼 수 있고, 6층을 쌓으면서는 다시 7층에서 내다볼 풍경을 기대할 수 있다. 착실하게 쌓이는 마음에 순응한다. 당신과 함께 무언가를 만들어가는 일은 경이롭다. 몰두해서 하다보면, 끝내 완성할 수도 있겠단 기대를

남몰래 품게 된다. 이제 내게 사랑의 정의는 '무용하고 위태롭고 아름다운 것'에서, '생의 한가운데에 놓일 탑을 함께 쌓는 것'으로 바뀌게 되었다. 동등하고 나란한 관계란 얼마나 이상적인가. 나는 당신으로부터 이상적인 사랑을 받고 있다. 더없이 이상적이라고 여긴다. 내게서 폐허를 엿봤다던 당신은 이제, 내 생에 불쑥 걸어 들어와 나를 싹 틔우게 한다.

사랑의 형태

―――――

　애인은 내가 쓰는 글을 좋아한다. 아니, 별 사이 아닐 때에도 구태여 내 글을 '사랑'한다고 표현했으니, 좋아한단 말로는 한참 부족할 거다. 그렇게 믿기로 한다. 가끔은 "요즘엔 글이 좀 뜸한 것 같아." 같은 소릴 머리맡에 슬쩍 두고 가기도 한다. 그럼 괜히 속이 뜨끔한 게, 마땅히 줘야 할 걸 못 준 기분이 된다. 이를테면 사랑 같은 거.

　애인을 적는 건 내 사랑의 증명이다. 적어도 나는 그렇게 여기고 있고, 당신도 그렇게 여기길 바라고 있다. 그러므로 계속 쓴다. 당신이 나의 사랑을 기다리고 있으므로.

애인이 잠든 밤마다 오늘 하루를 통째로 복기해 우리 둘과 엮을 수 있는 무언가를 찾아내는 것이 새로운 취미생활이 되었다. 아마도 그녀가 감탄할 문장을 기어코 써낸 밤에는, 그간 작가의 눈과 손을 날카롭게 벼른 것이 오직 이 순간을 위해서인 것만 같단 착각에 휩싸이기도 하는 것이다. (착각이란 걸 잘 안다.) 애인은 나의 글을 사랑한다. 나는 나의 글을 사랑하는 애인을 사랑하고. 이제 그녀는, 나의 글을 사랑하는 그녀를 사랑하는 나를 사랑하게 되었다. 매일 밤 적은 글이 애인을 달아나지 못하게 곁에 꽉 붙들고 있다. 이는 자명한 사실이다. 글자는 문장으로 빚어지는 순간 구속력을 갖는다. '당신은 머지않아 나를 사랑하게 될 거야'라는 문장을 자꾸 보면, 종래엔 결국 이 열여섯 글자 안에서 길을 잃어버리게 되는 것이다.

나는 매일 당신을 적는다. 적기 위해선 생각해야 하고, 생각하다보면, 내가 당신을 얼마만큼 사랑하는지를 보다 선명히 알게 된다. 사랑에 이렇다 할 형태는 없다지만 계속 들여다보고 앉아 있으면, 한 귀퉁이의 모습 정도는 명백히 보이기도 했다. 사랑이 아니고선 도무지 설명할 수 없는 질감과 밀도의 마음이 이미 내 가장 깊은 곳에 뿌리를 내리고 있었다. 자꾸만 속이 답답하고 갈증이 나는 건 다 당신 때문이었다. 사랑은 클수록 더한 갈증을 유발한다. 적당량의 볕과 물을 주지 않으면 금세 초라해졌다. 초라한 마음으로 사랑하는 이 앞에 서본 사람은 안다. 애틋함의 표정을.

나는 애틋함이 가진 표정을 잘 알고 있다. 누구보다 가까이서 지켜본 탓이다. 사랑과 초라함과 애틋함. 자꾸만 안달이 나고 애가 타는 게, 꼼짝없이 길을 잃어버린 형국이다.

내가 알게 된 사랑의 형태를 당신에게 알려주고 싶다. 맛있는 음식을 먹으면 가장 먼저 당신이 떠오르는 것처럼, 재미있는 사실을 알게 되거나, 풍경이 좋다는 어느 고장의 카페를 알게 되었을 때처럼, 이 세상에 있는 즐겁고 행복한 일은 다 나누고 싶은 것처럼, 나는 애인에게 내가 알게 된 사랑의 형태를, 알려주고 싶다. 깊고 다정하고 안정적인, 따뜻한.

그러므로 계속 쓴다. 계속 쓰고, 또 계속 읽다보면, 언젠가는 당신도 지금 내가 보고 있는 것을 볼 수도 있을 거다.

머리카락

　길었던 머리칼을 자르고 앞머리를 냈다. 몇 년 만에 짧아진 머리가 영 어색하다. 나와 익숙해질 시간이 좀 필요할 것 같다. 가뜩이나 친해지기 어려운 얼굴인데 말이지. 머리를 자른 건 순전히 애인 때문이다. 순전히와 때문이다를 붙여놓으면 좀 탓하는 듯한 뉘앙스가 되는데, 그런 건 결코 아니다. 애인은 그저 슬쩍 티를 냈을 뿐이고, 나는 기꺼이 그 말을 수용했을 따름이다. 애인은 원하는 걸 좀처럼 요구하지 않는데, 머리에 관해선 넌지시 몇 번인가 "머리 짧게 잘라보면 어

때? 앞머리 낸 거 궁금하다." 같은 소릴 했다. 그건 애인이 생각보다 더 내 짧은 머리를 궁금해하고 있단 뜻일 거였다. 나는 그런 사소한 신호를 짚어내는 데 남들보다 통달해 있으므로, 더 이상 외면할 순 없었다. 게다가 시기적으로 좀 다른 이미지를 보여주고 싶기도 했고.

사랑받고 싶단 마음은 나를 필사적으로 만든다. 사랑하는 사람에겐 거의 매 순간 최선을 다하려 애쓰는데, 머릴 자른 일 역시 최선의 일종으로 해석할 수 있을 거였다. 잘려나간 머리칼이 바닥에 쌓인다. 내가 먹고 마신 것의 일정 부분이 힘껏 자라기 위한 양분이 되었다고 생각하면, 손발톱이 자라고, 머리칼이 자라는 일이 조금 다정한 것으로 느껴진다. 애인과 자주 밥을 먹었으니까, 꽤 많은 시간을 함께 보냈으니까, 우리의 머리칼은 비슷한 추억을 먹고 자랐을 것이다. 나는 애인의 머리칼을 생각한다. 길고 검은 머리칼. 숱이 많고 결이 좋은 게, 적잖은 다정을 먹고 산 것 같다.

"그나저나 나도 머리 진짜 많이 길었다." 짧게 자른 내 머리를 어루만지던 애인이 말했다. 그러곤, 여기서 조금 더 길면 잘라야겠다는 말을 가만히 덧붙인다. 이제는 익숙해진 그녀의 손길을 가만히 느낀다. 애인은 내가 안쓰러울 때마다, 또 나를 안아주고 싶을 때마다 내 뒷머리를 만진다. 위에서 아래로 말없이 계속. 그럼 나는 가만히 눈을 감고 몸을 조금 애인 쪽으로 기울인다. 애인의 손목이 귀 언저리를 지나가는 형국이 된다. 옷깃이 일정한 궤도를 가지고 스치는 소리와 뒷머리를 어루만지는 손바닥의 감촉이 나를 안도하게 한다. "헤어지고 싶지 않아." 나는 말한다. 우리는 머리칼일 수 없으니까. 머리칼처럼 허망하게 잘려나갈 순 없다. 애인의 머리칼 끄트머리를 검지로 감는다. 우리가 만난 게 이제 세 달 남짓이므로, 이 끄트머리에 있는 추억들은 내 것이 아닐 거였다. 이런 식으로 조금씩 잘라내고, 자라나고, 다시 잘라내고, 자라나다보면, 그 끝에서 우린 결국 사랑이 될 거였다.

언젠가 머리카락에 관한 티브이프로그램을 본 기억이 있다. 머리카락은 한 달에 일 센티미터 정도 자라기 때문에, 뿌리부터 역순으로 내력을 따져, 성분 검사를 통해 얼마간의 과거를 유추해볼 수 있단 거였다. 나는 애인의 머리칼을 쭉 거슬러 올라간다. 대충 이쯤에서부터 우린 서로를 품고 있을

것이다. 나는 나이테처럼 켜켜이 쌓이는 시간의 의미를 생각
한다.

나는 생각한다. 자라나야겠다고 생각한다. 애인이 쓰다듬
는 뒷머리와 내가 뒤에 두고 온 것들을 생각한다. 애인의 뒤
에 홀로 남고 싶지 않았다.

우리가 계속
'우리'이기 위해서

———————

　내가 애인을 얼마만큼 사랑하는지를 적어 남기다보면 필연적으로, 이제는 애인이 나를 얼마만큼 사랑하는지 같은 게 궁금해질 수밖에 없다. 당연한 수순이었다. 지난 일주일간 나는 애인의 마음을 유추해보려 애썼다. 그러나 마음이란, 유동적인 동시에 일정한 형태 없이 추상적이기 마련이다. 모든 감정이 유일무이하고, 각각의 조도와 명도, 방향과 세기를 지니고 있다. 매일의 바람의 세기와 볕의 강도가 다르듯이, 나는 애인의 마음을 명확히 알 도리가 없었다. 아랫배 부근에서 일정한 온도로 몸을 데우는 허기가 자꾸만 나로 하여금 사랑 근처를 배회하게 만들었다. 애인의 마음을 조금 더 명백히 밝힐 수 있다면, 그럴 수만 있다면, 이 허기와 갈증을 얼마쯤 해소할 수 있을 것도 같았다. (한편으론 모든 시작하는 연인이 한 번씩 겪고 지나가는 계절을 유난스레 보내고 있단 생각을 했다.)

예민한 감각을 타고난 인간인 데다, 사랑에 빠진 순간 내 세계의 대부분을 상대 쪽으로 돌려놓기 때문에, 알고 싶지 않아도 자연히 알게 되는 게 많았다. 이것 또한 필연. 나는 도출된 결과로부터 원인을 유추해내는 일을 좋아한다. 불현듯 떠오른 꿈의 한 장면을 거꾸로 복기해 끝내 최초의 시점을 알아내고야 마는 것처럼, 나는 애인의 태도나 말투, 표정으로부터 그녀의 마음을 눈치채려 매 순간 골몰했다. 그러면 우리는 자주 사랑이었다가, 가끔씩은 그 변두리에 걸쳤다가 했다. 그렇게 골몰하면 할수록 나를 향한 애인의 사랑도 점차 선명해졌다. 애인은 나의 예민하게 벼려진 감정을 많이 신경 쓴다. 가끔 무심하게 던지는 말 한마디에 혹시 내가 서운할까봐 발을 동동 구른다. 그러므로 애인의 많은 행동엔

배려가 수반된다. (애인이 나를 사랑한다는 명제가 참으로 증명된다면 그땐, '수반될 수밖에 없다'로 수정할 수 있을 것이다.) 잠은 잘 잤는지, 밥은 뭘 먹었는지 궁금해하는 태도나, 좀 더 다정하게 말하려는 노력, 내 글 속의 세계를 질투하는 것도 분명 애정에 뿌리를 두고 있을 거였다.

애인은 내가 '우리'를 위해 하는 노력을 나만큼이나 눈여겨보고 있다. 그러다가 한 번씩 "사랑해. 노력해줘서 고마워. 오빠 참 멋져." 하고 넌지시 표현하는 것이다. 그러면서도 또, "나는 오빠처럼 다채롭게 사랑을 표현하지 못해서 아쉽네." 같은 말을 덧붙이기도 했다. 이 모든 애정을 하나로 꿰어 설명할 수 있는 건 오직 사랑뿐일 거라고, 나는 믿는다. 사랑이 아니고선 이 수많은 애정의 면면을 하나로 엮어 설명할 방도가 없다. 애인이 나를 사랑하고 있음이 명백해진 밤, 나는 그 사랑이 감사하고 벅차서 남몰래 좀 울었다.

○

좋은 문장을 생각하다보면, 그 좋은 문장의 뿌리엔 다 당신이 있고, 다시 당신을 생각하다보면, 잘 빚어낸 문장을 계절마다 수확해 잠든 당신의 머리맡에 켜켜이 쌓아두고 싶다. 그것이 이번 생에 내게 주어진 숙제 같아. 열망에 찬 마음과 찬란한 사랑의 언어들. 달짝지근한 과육이 꽉 들어찬 문장이 가지 끝에서 소란하다.

섬

―――――

영종대교를 건너는 동안 바람이 많이 불었다. 가끔은 차가 휘청거리기도 했다. 다리에 설치된 스피커에서는 연신 "강풍 주의, 감속 운행" 같은 경고 문구가 송출되었다. 곁에 앉은 은이는 그 소리를 제대로 알아듣지 못하고 되묻는다. 뭐라고 하는 거야? 나는 그 애의 손을 주무르면서 대답한다. 강풍 주의래, 감속 운행하래. 은이의 시선이 창밖을 향한다. 그렇구나, 하고 대꾸했던가? 그랬던 것도 같다. 나는 그 애의 시선이 닿은 곳을 좇아 창밖을 잠시 흘겨본다. 몇 개의 작은 섬이 있다. 은이는 섬을 보고 있다.

어렸을 때부터 자주 섬을 생각했다. 섬의 지명에는 보통 '도'가 붙기 마련이라, 도로 끝나는 무언가를 보면 돌연 외로 워지기도 했다. 나는 나를 섬으로 여겼다. 누구와도 달라붙 지 못하고 어느 정도 떨어져 그리워하기만 하는 게. 영락없 이 섬이었다. 가끔은 나와 본인 사이에 다리를 놓으려는 사 람도 있긴 있었다. 건너오고 싶을 때, 낮이건 밤이건 훌쩍 내 게로 건너오겠단 거였다. 잘 안되었지만. 결과론적인 이야기 다. 솔직히 말하자면 조금은 기대를 하기도 했었다.

독도가 국제해양법상 암초로 분류된다는 소식을 들은 날. 평소보다 더 잠을 설쳤다. 나는 내가 섬인 줄 알고 살았는데, 사실은 암초에 불과한 거 아닌가? 그래서 누구도 살지 못하 는 걸까봐 두려웠다. 합리적 추론의 결과였다. 생각하면 할 수록 내가 나를 과대평가하고 있단 생각이 확고해진다. 그런 생각을 반복해서 하다보면 자연히, 어디까지를 암초로 보고, 어디서부터를 섬인 셈 치는지 궁금해지기 마련이었다. 나는 얼마나 더 자라야 섬이 될 수 있지. 그건 누구도 몰랐다. 은이의 손이 분주하다. 요즘 그 애는 내 손가락을 위로 꺾어 소리를 내는 것에 심취해 있었다. 미신이라도 믿는 것처럼, 무언가 점쳐보기라도 하려는 태도로 손가락을 꺾었다. 내 기분이 좋으면 뚝뚝 소리가 잘 나고, 기분이 좋지 못하면 아무런 소리도 나질 않는다는 거였다. 은이는 내 몸이 기분에 따라 크게 달라진다고 막연히 믿었다. 어떻게 된 영문인지 설명할수는 없지만 정말로 다투거나 서운한 날에는 아무리 손가락을 꺾어도 소리가 나질 않았다. 무의식중에 몸이 굳어 있는건지 뭔지, 납득할 만한 설명을 할 수는 없지만 아무튼 정말로 그랬다. 증명할 방법은 없다. 그냥 그럴 따름이니까.

이런 식으로 납득하지 못하고 얼렁뚱땅 넘어가는 것은 좀체 견딜 수 없지만, 사랑에 있어서만큼은 얼마든지 허용하고 싶다고, 나는 생각한다. 이는 다시 말하자면 은이가 가지고 있는 '논리가 배제된 막연한 믿음'도 '아무튼 간에'의 영역에 속한 사랑이라고 볼 수 있다는 것이다.

먼 전생에 암초 위에 등대를 세운 기억이 있다. 그래, 암초엔 다리를 놓을 게 아니라 등대를 세우는 것이다. 이제야 깨닫는다. 그때의 나는 죽을 만큼 고독했으므로. 손가락을 아무리 꺾어도 소리가 나질 않았다. 그땐 그랬지. 곁에 아무도 없었다. 고독과 싸우면서 돌을 쌓아올리는 게 천성이 되었다. 몇 번을 다시 태어난 나는 여전히 고독에 내몰릴 때마다 돌을 쌓는다. 천성이란 그런 것이다. 쉽게 고쳐지질 않는다. 돌을 쌓는 것과 손가락에서 아무런 소리도 들을 수 없는 것, 둘의 연관관계를 생각한다. 막연했다.

나는 이제 자주 행복하다고 말하고, 그것보다 더 자주 고독하지 않다. 섬으로 접어들면서 생각한다. '다 왔다. 금방이야.' 내비게이션에 표기된 도착 예정시간은 6분을 가리키고 있다. 6분 뒤면 우린 목적지에 도달한다. 은이의 손을 꽉 쥔다. 손바닥이 익숙한 온도를 나눠 갖는다. 손가락 하나하나를 긁으면서 어떤 모양을 하고 있는지를 외운다. 나는 시력을 잃어도, 칠흑 같은 어둠 속에서도, 은이의 등과 손은 더듬어 찾을 수 있을 거라고 믿는다. 피부의 감촉과 골격의 모양을 모조리 외웠다. 은이는 아마 더 자라지 않을 것 같다.

그 애는 암초일까 섬일까 대륙일까. 암초로 태어난 나는 가끔 궁금하다.

 섬에 들어왔으니 꼼짝없이 섬에 관한 글을 적는 수밖에 없
다. '점과 점을 이어서 의미를 만드는 방식을 알고 있다. 별자
리를 만들기 위해서는 A등급의 별과 B등급의 별, C등급의
별이 모두 필요하단 사실도 알고 있다. 섬으로 섬자리를 만
들 수 있다면, A등급의 별과 B등급의 별과 C등급의 별이 모
두 필요한 것처럼, 나도 어떤 섬자리의 끄트머리에 쓸모 있
는 한 점으로 존재할 수도 있을 것이다.'

 옆에서 들여다보던 은이가 자꾸만 "나한테 속해 있잖아,
오빠. 나한테 속해 있지?" 묻는다. 나는 그 모습이 사랑스러
워 견딜 수가 없다. 나는 이제 은이에게 속해 있다. 단지 누
군가에게 순응하는 일로 이토록 충만할 수 있다니. 은이에게
속하게 된 덕분에, 얼마간 그 애가 세상을 받아들이는 방식
으로 세상을 이해할 수 있게 되었다. 그것은 내가 비로소 암
초가 아니게 되었다는 뜻과도 일맥상통한다. 나는 그새 은이
가 놓은 다리 덕분에 좀 자랐다. 자라서 섬이 되었다.

○

이제 반듯한 사람이고 싶다. 너무 오래 비뚤어 있었다. 잘 털어 말린 빨래처럼, 찬장에 차곡히 포개진 다기처럼, 정갈하고 짜임새 있게 다만 생을 인내하고 싶다. 적어도 네게 있어서만큼은 볕을 머금어 따뜻해진 이불, 나뭇잎이 수놓아진 양말, 반듯하게 내리쬐는 사랑이고 싶다. 나는 소망한다.

○

　애인과의 주말을 곱씹으면서, 집에 돌아가자마자 현관 비
밀번호를 바꿔야겠다고 다짐한다. 다른 번호로 열리고 싶어
졌다.

에필로그

일 년 전 겨울. 나는 제주도 공항에서 결항되는 비행기들을 멍하니 바라보고만 있었다. 우리나라에서 가장 따뜻한 남쪽에 위치한 제주도에 이 정도의 폭설이라니. 다시 못 겪을 진귀한 광경이라고 감탄하면서도 한편으론 뭍에 두고 온 것들이 걱정되기도 했다. 그러나 걱정거리는 뭍에만 있는 게 아니었다. 예정했던 여행 일정은 오늘부로 종료였으므로, 당장 내 한 몸 누일 곳도 없었다. 아, 따뜻한 물로 샤워하고 싶다. 누군가 중얼거리고, 나는 가만히 고개만 끄덕인다. 졸지에 공항에서 표류하게 된 사람들은 초면임에도 묘한 유대감을 형성했다. 공항 근처 게스트하우스나 에어비앤비는 진작에 다 차버렸다. 그나마 가까운 숙소를 잡을 수 있었는데, 바다 앞이라 마음이 좀 놓였다. 어쩐지 다 괜찮을 것 같아. 시계는 늦은 여덟 시를 가리키고 있었다.

제주도는 처음이라, 눈이 많이 내리면 버스나 택시가 다니지 못한다는 사실을 알지 못했다. 길이 다 얼어붙는 바람에 오르막을 제대로 올라갈 수 있는 차가 없었다. 조명도 없는 해안도로를 따라 무작정 북쪽으로 걸었다. 지도 어플을 보니 바다를 따라 오십 분만 걸으면 도착할 수 있다. 등에 가방을 단단히 붙들어 맸다. 캐리어 대신 백팩을 챙긴 게 다행이라면 다행이었다. 가끔 파도가 도로를 넘어 머리 위로 쏟아지기도 했다. 나는 그날 밤바다가 가진 표정을 많이 알게 되었다. 포말이 부서지는 모양이나 파도의 냄새, 해안의 소리와 염분의 밀도 같은 것. 소실되는 수평선과 물결을 따라 불현듯 떠오르는 분절된 단어 같은 것. 밤바다 앞에서만 지을 수 있는 표정을 비로소 지을 수 있게 되었다.

자라나는 일은 앎을 함의한다. 알게 될수록 딱 그만큼씩 자란다. 다정한 말이나 살갗의 온도, 볕을 머금은 나뭇잎의 아랫면을 보거나 벚꽃이 만개하길 기다리는 마음을 먹고, 나는 자랐다. 어느새 다정한 말을 할 수 있게 되었고, 봄 같은 웃음을 지을 수 있게 되었다. 더 사랑스럽게 입을 맞추는 방법도 알게 되었지. 나도 모르는 사이에 받은 게 많았다. 어떤 밤에는 한 뼘씩 불쑥 자라기도 했다.

그 밤. 불가항력의 폭설로부터 나는 사랑의 폭력성에 순응하는 법을 배웠다. 생에 느닷없이 들이닥친 사랑과 계획에 없던 폭설은 얼마간 일맥상통하는 부분이 있다. 뭍으로 돌아가겠다던 계획 따위는 단숨에 없던 일로 만들어버리고, 결항되는 비행기를 보면서 다시 섬에 눌러앉게 만드는 게. '이젠 그러는 수밖에 없다'는 말로 대충 현실을 뭉개고 체념하게 만드는 게. 압도적인 경이 앞에 옴짝달싹할 수 없게 만드는 게. 돌연 휩쓸려도 좋겠다고 나도 모르는 새에 생각하게 만드는 게. 그러나 어디서도 볼 수 없는 절경을 수반한다. 결코 잊을 수 없는 강렬한 감각도.

.

　그러나 언젠가 폭설은 멎고, 뭍으로 가는 비행기는 다시 운항된다. 일부 영영 눌러앉기로 작정한 사람들을 제외하고, 우리는 눈 쌓인 제주도를 뒤로하고 결국 뭍으로 떠나야 한다. 그리고 어떤 사람들은 다음 달에, 어떤 사람들은 일 년 뒤에, 제주도든, 동남아든, 동해든, 부산이든…… 아무튼 어디로든 다시 여행을 떠날 것이다. 나 역시 그럴 테고. 그러나 우리는 이미 눈 쌓인 제주도에 일주일간 고립된 적이 있기 때문에, 그 폭설을 온몸으로 통과했기 때문에, 어떤 절경이나 이국적인 풍경 앞에서도, 혹은 지극히 일상적인 생활 속에서도, 때때로 제주도의 설경을 떠올리고 말 것이다. 그때 견디던 마음들은 과연 다 어디로 간 건지 의문을 갖기도 하면서.

　내가 먹고 자란 마음과 견뎌야 했던 마음들을 가지런히 묶어 사랑으로 꿰었다. 행방이 궁금했던 마음들의 소재가 조금은 분명해졌다. 간밤에 꾼 꿈에서 우리는 뜨겁게 사랑했던 시절을 곱씹었다. 그러나,

　우리는 사랑을 말하지만,
　사랑을 말하지만 우리는.

우리는
사랑을
말하지만

ⓒ 여태현 2022

초판 1쇄 발행 | 2022년 5월 25일

지은이 | 여태현

기획·편집 | 김수현
디자인 | 반반

펴낸이 | 김수현
펴낸곳 | 마음시선
등록 | 2019년 10월 25일 (제2019-000097호)
주소 | 서울시 마포구 신촌로2길 19, 마포출판문화진흥센터 318호
이메일 | maumsisun@naver.com
인스타그램 | @maumsisun
ISBN 979-11-971533-9-6 03810